W0304842

LE GUERRIER DU DÉSERT

KAORU KURIMOTO

GUIN SAGA

Volume 2

LE GUERRIER DU DÉSERT

Fleuve Noir

Titre original :
Guin Saga – volume 2

Traduit du japonais
par Cécile Sénaux

Collection dirigée par Bénédicte Lombardo

Le Code de la propriété intellectuelle n'autorisant, aux termes de l'article L.-122-5 (2 et 3-a), d'une part, que « les copies ou reproductions strictement réservées à l'usage privé du copiste et non destinées à une utilisation collective » et, d'autre part, que les analyses et les courtes citations dans un but d'exemple ou d'illustration, « toute représentation ou reproduction intégrale ou partielle, faite sans le consentement de l'auteur ou de ses ayants droit ou ayants cause, est illicite » (art. L.122-4).
Cette représentation ou reproduction, par quelque procédé que ce soit, constituerait donc une contrefaçon sanctionnée par les articles L.335-2 et suivants du Code de la propriété intellectuelle.

Vol. 2 : © KAORU KURIMOTO, 1979
French translation rights arranged with Kaoru Kurimoto,
through le Bureau des Copyrights Français, Tokyo.
© 2006 Fleuve Noir, département d'Univers Poche,
pour la traduction en langue française.

ISBN : 2-265-08150-7

Et, comme attirés par un aimant, ils prirent le chemin de Nociphère. Déjà, au-dessus d'eux brillait l'Étoile du matin. Elle les guidait vers leur destin.

Extrait du *Codex d'Illon*

Première partie

LE FLEUVE DE LA MORT

1

La brume du matin recouvrait le fleuve Kes d'un voile parme. Le jour se levait sur les Marches. À perte de vue, le paysage désertique de pierres et de sable dégageait une beauté unique, une beauté fière et terrifiante, étrangère au monde des hommes. Le Kes semblait séparer deux univers : d'un côté cette étendue de poussière grise, de l'autre un paysage verdoyant.

Mais sur la rive nord, les abords de la forêt de Rood n'étaient plus si verdoyants, et pas vraiment paisibles. Tout à ses réflexions, Linda s'étira et bâilla. La moitié de la forêt avait été réduite en cendres, et l'imposante forteresse de Stafolos, dont hier encore la silhouette dominait les bois, était tombée en une nuit. « *Tellement impressionnante...* » murmura la jeune fille. Ses cheveux étaient d'un blond si lumineux qu'ils en étaient presque blancs. Elle frissonna, s'enveloppa de ses bras fins, et se tourna vers les ruines encore fumantes. La forteresse, réputée imprenable, était tombée après un jour et une nuit de lutte contre l'armée du peuple sem.

Abritant d'une main ses yeux lilas, la jeune fille contempla les traces de la bataille meurtrière. À côté d'elle, une forme se redressa. « Tu as dit quelque chose, Linda ? » demanda une voix ensommeillée.

Mis à part la longueur de ses cheveux, le jeune homme qui se leva alors était en tout point semblable à la jeune fille. Il s'approcha d'elle et regarda à son tour. Ils se ressemblaient tant qu'en les voyant ainsi, côte à côte, il était presque impossible de les différencier. Les jumeaux étaient les héritiers de Paroh, un royaume disparu. Linda, princesse et oracle, était d'une nature énergique et décidée, et affichait une expression bien sérieuse pour une jeune fille. À l'inverse, le prince Rémus, seul héritier du trône, avait le regard rêveur, et une certaine tendresse enveloppait ses traits. Pourtant, ils se ressemblaient comme deux gouttes d'eau.

Le jour où la capitale de Paroh avait été envahie par les soldats de Gohra, les jumeaux avaient échappé à la mort grâce à un antique mécanisme caché au fond du Palais de cristal. Mais une erreur les avait envoyés à la frontière de Gohra, aux abords de la plaine sauvage de Nociphère. Là, ils avaient été capturés et emmenés à la forteresse de Stafolos avec les étranges compagnons qu'ils venaient de rencontrer. C'est alors qu'ils avaient été pris dans l'attaque sem.

Le groupe hétéroclite qui avait échappé aux dangers de la nuit avec eux somnolait à présent à l'ombre d'un grand rocher, au pied de la falaise de Stafolos. Après le retrait des combattants sem, les compagnons avaient pris le temps de vérifier que l'endroit était sûr, et le chariot de feu de Ruah, le dieu soleil, lançait ses premières lueurs à l'horizon quand ils se décidèrent à sortir de leur cachette. Enfin libérés des tensions de la nuit, les compagnons avaient sombré dans un sommeil aussi profond que les enfers de Doal. Un sommeil qui ne les empêcherait pourtant pas, au moindre bruit suspect, de saisir en un instant les armes posées sur leurs genoux. À cette pensée, Linda sourit, rejetant derrière son épaule ses cheveux blonds salis par leurs dernières aventures.

— Linda, appela Rémus, à présent bien éveillé. (Il murmurait, comme par crainte de troubler la paix du matin.) On a survécu ?

— Évidemment ! répondit brutalement Linda.

— Shh ! Pas si fort ! Ils peuvent t'entendre… paniqua Rémus.

— Il n'y a plus personne ici, ne dis pas n'importe quoi. Les Sem savent bien que les flammes de cette nuit ont été vues de tous les forts de la région. Dans la journée, des renforts devraient arriver d'Arvon, ou de Thalos. C'est ce que les Sem craignent. Pourquoi crois-tu qu'ils ont commencé à préparer leurs canoës avant l'aube pour partir au plus vite, au lieu de rassembler leurs cadavres, et de célébrer leur victoire ? Ils savaient que s'ils tombaient sur de nouvelles troupes de Gohra, c'en était fini d'eux. Tu crois qu'ils nous auraient manqués sinon ?

— Ah bon ?

— Mais tu te sers de ta tête, parfois ? Ah… J'ai faim !

Soudain rappelée au monde réel, Linda frotta son estomac vide. Elle poussa un soupir à fendre l'âme.

— Il doit y avoir du poisson dans le coin, mais vu comme le fleuve était rouge de sang, hier, je n'ai pas trop envie d'en manger. Ils ont dû se régaler avec tous ces cadavres.

— Oui, et pourtant ce matin il est redevenu si clair et beau… remarqua Rémus, admiratif.

— Le courant a entraîné les corps en aval, idiot ! Tous les

poissons du fleuve ne suffiraient pas à faire disparaître autant de cadavres en une nuit!

Linda se trompait. La princesse avait été élevée à Paroh, dans les paisibles Terres Intérieures. Elle ignorait tout du Fleuve sombre.

— Je meurs de faim! Mais il y a plus urgent. Les renforts de Gohra sont aussi dangereux pour nous que pour les Sem. Il vaudrait mieux partir d'ici si on ne veut pas qu'ils nous trouvent.

Cherchant dans quelle direction fuir, Linda regarda alentour. Devant elle, le fleuve ne semblait pas offrir d'issue. Retourner dans la forêt, derrière elle, reviendrait à se jeter dans les bras des hommes de Gohra. Quant au désert qui s'étendait au-delà du fleuve, c'était l'endroit le plus effrayant qui soit. Une contrée sauvage et désolée, le domaine des barbares et des monstres.

— J'aimerais que Guin se réveille et trouve une idée, dit Linda, mordant ses jolies lèvres.

— Ne t'inquiète pas, répondit Rémus d'un ton apaisant. Je suis sûr qu'il va trouver une solution.

— Je l'espère. Cet endroit ne me plaît pas!

Elle se retourna, et son regard s'adoucit quand elle vit les deux silhouettes qui approchaient :

— Suni, Guin!

Suni, qui arrivait vers Linda en trottinant, était une jeune Sem. Elle n'appartenait pas au clan Kaïro, qui avait mené l'attaque sur Stafolos, mais aux Rakus. Les Kaïros étaient connus pour leur violence, mais les Rakus étaient doux et pacifiques.

Les Sem mesuraient en moyenne un mètre de haut. Ils

étaient plutôt frêles, et leurs mains, leurs pieds et même leur visage étaient recouverts de fourrure. Au premier coup d'œil, ils ressemblaient plus à des singes qu'à des hommes, et on ne les considérait pas comme bien intelligents. Ce n'étaient pourtant pas des animaux. Ils possédaient un étrange langage et savaient fabriquer leurs armes. Ils maîtrisaient le feu et se paraient de peaux et d'étoffes diverses. Et leur petite tête brune abritait bien des sentiments. Linda voyait la reconnaissance et l'affection déborder des yeux noisette de la jeune Sem, à qui ils avaient plusieurs fois sauvé la vie.

Derrière la silhouette trottinante de Suni se dressait un être étonnant : Guin, le guerrier à la tête de léopard. De lui, on ne savait rien. Il avait perdu la mémoire, et nul ne connaissait son histoire, ni les événements qui l'avaient laissé inconscient et nu dans la forêt de Rood. Il s'avançait derrière Suni, deux fois plus grand que la jeune Sem, et peut-être trois fois plus massif. La lumière du matin révélait un corps parfait. Sa musculature d'acier signalait un guerrier accompli, tout comme le sang séché et les blessures, récentes ou anciennes, qui parsemaient son corps brun. Mais le plus étonnant restait la tête de léopard – une vraie tête de fauve – fermement fixée sur ses épaules, et qui masquait son visage.

— Reposés ?

La question sonnait comme un grognement. Les jumeaux s'étaient habitués à cette voix assourdie, mais elle restait difficile à comprendre pour une oreille moins entraînée.

— Il faut reprendre des forces. Nous devrons avoir quitté le territoire de Gohra avant la fin de la journée.

— Quitter Gohra ? Mais comment ? demanda Rémus avec des yeux ronds.

— Il n'y a pas de mystère : tu sais que ce fleuve est aussi la frontière, n'est-ce pas ? Il suffit de le franchir.

Suni trotta jusqu'à Linda et se jeta à ses pieds, les yeux levés vers la jeune fille, comme en adoration. La princesse caressa distraitement sa petite tête. Elle était frappée par la beauté étrange de Guin. Dans la lumière du matin, il lui semblait qu'un dieu mystérieux venait d'apparaître au bord du fleuve Kes.

— Si on passe cette frontière...

Rémus frissonna.

— Il n'y a pas d'autre choix. J'y ai réfléchi cette nuit. Il nous faut traverser le fleuve et couper à travers la plaine de Nociphère pour atteindre l'est des Terres Intérieures. Les autres routes sont trop difficiles, trop dangereuses, trop longues. Et avec Suni et moi, notre groupe ne pourra jamais traverser Gohra sans attirer l'attention.

— Mais Nociphère...

— Il y a une autre solution, Guin !

Ils se tournèrent vers celui qui venait de parler. Il s'agissait d'un guerrier au visage jeune et séduisant : Isht Van, le « Mercenaire rouge ».

La veille au soir, poursuivis par le spectre de Rood qui avait pris le contrôle de la forteresse, les compagnons s'étaient réfugiés au sommet de la Tour noire. Ils s'étaient faufilés sur le toit, acculés par les flammes et les combats. Quelles que fussent la force et l'habileté de Guin, ils allaient périr, tôt ou tard. Guin avait donc fait le choix d'un pari audacieux : puisqu'ils ne pouvaient ni retourner sur leurs pas, ni rester sur place, il décida d'avancer – en l'occurrence, de descendre.

Il avait attaché Linda, Rémus et Suni à sa ceinture de cuir et s'était élancé dans le vide, vers les eaux noires du fleuve qui coulait en contrebas.

Une impression de flottement infini, la terreur de la chute, puis le choc avec l'eau… L'obscurité avait englouti les quatre fugitifs.

Ils avaient eu énormément de chance – ou étaient protégés par Yarn, le dieu du destin. Ils auraient aussi bien pu se fracasser sur les rochers de la rive. Mais ils étaient tombés dans l'eau et y avaient flotté, inconscients.

Là encore, la chance était de leur côté. Avant de revenir à eux, ils auraient pu être trouvés par un des énormes poissons du fleuve, ou par quelque chose d'encore plus dangereux. Mais, au pied de la falaise, caché parmi les rochers de la rive, quelqu'un avait assisté à leur chute : Isht Van. Le jeune mercenaire était né près de la mer, en Valakie. Mais ses pas l'avaient mené à la garnison frontalière de Stafolos, où il avait été condamné à mort pour s'être opposé au commandant de la forteresse. On l'avait enfermé dans la cellule voisine de celle de Guin et de ses compagnons, mais il s'était évadé seul – « chacun pour soi ! » – avec une échelle de corde de sa confection. Comme les rats quittent le navire avant qu'il ne sombre, celui qui se surnommait lui-même « le Sorcier » avait senti venir le bon moment avec une précision presque surnaturelle.

S'il avait tardé, il aurait pu être tué dans sa cellule au cours de l'attaque. S'il s'était enfui plus tôt, il se serait heurté à l'armée sem massée au bas de la falaise. Dans ce cas, et quelles que fussent ses qualités de guerrier, il n'aurait pu vaincre les hordes de Sem qui se pressaient sur la rive. De plus, le bruit du combat aurait probablement alerté les soldats de Stafolos, et le sort de la forteresse en aurait sans douté été changé.

Mais, caché dans l'ombre, Isht Van avait déroulé son échelle de corde juste après que les troupes sem se furent séparées pour attaquer simultanément par la falaise et la forêt.

Apercevant ces corps à la dérive, le mercenaire avait pris le temps de réfléchir. Il en avait conclu qu'il tirerait avantage à les secourir.

Éclairé comme en plein jour par les flammes qui dévoraient Stafolos, il avait lentement rampé hors de sa cachette. Il avait trouvé une corde et un grappin, qu'il avait adroitement lancés vers le groupe. De justesse, il avait accroché et halé les quatre corps sur un rocher. Muscles tendus au maximum, il sortait de l'eau sa lourde charge lorsqu'une vague avait brusquement agité les eaux noires. Une bouche gigantesque avait soudain jailli de l'eau. Le monstre avait fait claquer à plusieurs reprises ses immenses mâchoires avant de se détourner pour saisir le cadavre d'un soldat. Il l'avait dévoré en un instant, pour disparaître ensuite dans les profondeurs du fleuve. *« Un magnos! »* Isht Van avait esquissé un signe destiné à repousser les démons.

Il avait vérifié que le monstre était bien parti, puis examiné ceux qu'il venait de sauver. Sans un regard pour la jeune Sem, il s'était penché vers Guin et avait tenté de soulever sa tête de léopard. *« Par la langue de feu de Galm, molosse des enfers! Incroyable, c'est pas un masque mais une vraie tête de léopard! »* s'était-il exclamé à mi-voix. Après avoir tâté les muscles de Guin et lui avoir pris son épée, il s'était tourné vers Linda et Rémus. Ses yeux perçants s'étaient soudain étrécis. *« Ça, c'est le gamin de tout à l'heure. Et ça, c'est une gamine. Hum! Par Ilis la blanche, dans dix ans, on se fera la guerre pour avoir cette fille! Ce ne sont sans doute pas des gosses ordinaires. Mon beau « Mercenaire rouge », il s'agit de bien réfléchir maintenant. »*

Il s'était assis à la mode valakienne, les jambes croisées, et, sans détourner les yeux du visage de Linda, avait commencé à marmonner. Au bout d'un certain temps, il s'était relevé d'un bond. Derrière lui, un guerrier sem s'approchait furtivement, une flèche empoisonnée en main – un soldat égaré, ou un déserteur en quête d'un mauvais coup à faire. À l'instant où Isht Van s'était aperçu de sa présence, l'archer décochait sa flèche. Le mercenaire avait évité le projectile et, dans un éclair d'acier, avait décapité le Sem, dont la tête était allée rejoindre les eaux noires du fleuve. Puis il avait inspecté les alentours, à la recherche d'autres assaillants. C'est alors que Guin et ses compagnons avaient commencé à s'agiter.

Ils avaient passé là le reste de la nuit, nichés dans la cavité rocheuse qui avait servi d'abri à Isht Van.

« Je vous ai entendu parler. » Il avait les bras croisés sur la poitrine, l'air arrogant. Il était grand, mais moins que Guin, et plus svelte et souple. Il était mercenaire depuis l'âge de douze ans, et son corps finement musclé était agile et affûté. Il portait deux sabres au côté, et un casque de l'armée de Gohra, au blason arraché quand il avait été jeté en prison.

Il repoussa son casque en arrière, révélant à la lumière du jour un visage jeune – il n'avait guère plus de vingt ans – et long. Malgré son expression tendue et sournoise, c'était un bel homme. Ses cheveux noirs étaient coupés court, à la mode mongaule. Un sourire ironique flottait sur ses lèvres minces. Mais le plus frappant était son regard. Ses yeux noirs brillaient d'un éclat rusé dans son visage brun, incitant à la méfiance. Et pourtant il s'en dégageait une vivacité et un charme étrange. Ceux qui croisaient ce regard jugeaient l'homme sans scrupules, mais charmant.

— Il y a une autre solution ; c'est ce que tu as dit ?

Guin tourna vers le mercenaire son masque inexpressif de léopard. Isht Van acquiesça impatiemment.

— Hier soir on s'en est sortis. On a eu de la chance que les Sem s'en aillent si vite. Mais on ne va pas rester ici à attendre les hommes de Gohra – sur ce point tu as raison, léopard. Mais avant ça, on a une petite chose à faire.

— Quoi ?

— Manger !

Affichant un large sourire, Isht Van sortit comme par magie de la viande froide et des boulettes de céréales qu'il avait emportées avec lui lors de son évasion.

Cette vue suffit à mettre l'eau à la bouche du prince et de la princesse. Isht Van partagea généreusement la nourriture, mais servit Suni avec une réticence visible.

Sans scrupules ou pas, il avait trouvé leur petit déjeuner. Assis sur des pierres, ils mangèrent avec un bel appétit. Ils se concertèrent et tous, sauf Suni qui ne parlait pas leur langue, tombèrent d'accord pour dire qu'ils devaient passer la frontière et se débrouiller pour rejoindre une zone civilisée en évitant le territoire de Gohra.

— Les Sem peuvent se trouver des alliés en cours de route, et moi, je suis repéré dans Gohra maintenant. Si j'ai demandé à être affecté à la frontière, c'est que j'ai fait un truc... plutôt gênant, expliqua Isht Van. À Trace, j'ai refroidi un jeune fanfaron. Pas de chance, c'était le rejeton d'une grande famille de la noblesse du coin... J'avais les autorités aux trousses à Yulania, alors j'ai fui vers Kum. À Kum, j'ai provoqué un duel, et c'est pour ça que je suis venu à Mongaul. Et là, ça ne s'est pas beaucoup mieux passé... Du coup, je suis très populaire dans les trois territoires de Gohra ! Et comme j'ai pas trop envie d'aller voir mes copains les singes, je pense aller vers le nord, à Kélonia, ou peut-être rejoindre le royaume d'Haïnam...

— Nous...

Linda réfléchit un instant. Guin ne faisait pas encore confiance au mercenaire. Que pouvait-elle lui révéler ?

— Nous voulons aller à Kélonia, ou à Algos.

— Algos ? C'est ce pays de steppes... Le roi de Paroh n'avait pas une petite sœur qui est allée se marier là-bas ? D'ailleurs on dit que Paroh vient de tomber...

Isht Van avait fait cette remarque d'un ton innocent, mais la réaction des jumeaux ne lui échappa pas. Il décida pourtant de ne rien dire.

— Et toi, Tête de chat, tu veux faire quoi ?

— Moi... (Guin réfléchit un instant.) Je veux savoir ce que signifie le mot « Aurra ». Si je découvre ça, je comprendrai peut-être qui je suis et pourquoi j'ai cette apparence. C'est tout.

— Alors tu n'as pas d'objection à ce qu'on traverse la frontière et qu'on aille à Kélonia ?

— Non.

— Bon, c'est décidé alors ! Ce que je proposais tout à l'heure, c'est d'aller voir dans les décombres de la forteresse si on trouve un radeau pas trop abîmé. On pourrait le réparer et s'en servir pour descendre le fleuve.

— Descendre le fleuve !? s'écria Rémus. Mais c'est impossible ! Tout le monde sait pourquoi on l'appelle le « Fleuve sombre », non ? On n'a jamais vu quelqu'un descendre ce fleuve et survivre pour le raconter. Il marque la limite entre le monde civilisé et Nociphère, le domaine des monstres. On dit qu'il vit là d'étranges créatures, qu'on ne voit nulle part ailleurs.

— Ça va, gamin, j'ai pas besoin que tu m'expliques la vie ! Je courais déjà le monde et ses champs de batailles quand tu étais encore dans tes couches.

Le sourire moqueur d'Isht Van acheva de mettre Rémus en colère. Linda le voyait dans les yeux de son frère.

— Bon, on descend le fleuve, et après ? demanda-t-elle.

Le mercenaire jeta un regard rusé à la jeune fille.

— On descend le fleuve et on arrive à l'estuaire de Loss. Dans la ville du même nom, on trouve un navire qui traverse la mer de Lentt. On embarque et on se laisse transporter jusqu'à Kélonia, ou en Valakie. De là, vous faites ce que vous voulez.

— Ça, c'est si quelqu'un accepte de me laisser embarquer.

Isht Van avait entrepris de lécher sur ses doigts les traces de graisse de viande. À la remarque de Guin, il éclata de rire.

— Tu ne peux rien faire pour cette grosse tête de léopard ?

Le ton d'Isht Van était redevenu sérieux, mais ses yeux sombres riaient encore.

— S'il pouvait y faire quelque chose, il l'aurait fait depuis longtemps ! intervint Linda. Il pense que c'est une malédiction. On ne peut pas enlever cette tête. Peut-être qu'une cagoule... ?

— Une cagoule risque aussi d'attirer l'attention, mais on n'a pas trop le choix, déclara abruptement Isht Van. (Il décrocha la gourde pendue à sa taille et but.) On verra ça plus tard, quand on approchera des zones habitées. Pour le moment, les magnos et les poissons nécrophages du fleuve Kes se moquent bien de la tête de Guin !

Il considéra longuement le guerrier, avant de reprendre pensivement :

— Mais tout de même, quelles circonstances et quelle magie ont bien pu mettre au monde une telle créature ? Moi, le « Mercenaire rouge », j'ai parcouru le monde en tous sens. Depuis Kuinlan, le royaume des neiges éternelles, et Taluan au nord, jusqu'aux îles du Sud, de Shimuhara « la belle » à Root, le pays-boue, et jusqu'à Fairara, le royaume des infirmes, abandonné des dieux eux-mêmes. J'ai vu et entendu des choses incroyables, mais jamais rien de tel. Jeune fille, tu l'ignores probablement, mais on appelle Tavia, qui dirige Kuinlan, la « Reine de glace », car on dit qu'elle vit *dans* la glace. Et Shimuhara, la perle de la mer de Qohcée, est régie par un grand prêtre qui a une tête et une queue de vache. Mais ce n'est qu'un masque – un masque hideux, incrusté de pierres précieuses. Il y a bien des choses étranges en ce monde, et la plupart ne sont que des artifices. Mais cette tête de léopard…

Isht Van soupira.

— D'une manière ou d'une autre, on a dû couper la tête d'un guerrier et mettre à la place celle d'un léopard des savanes de Mos… Ensuite il a fallu y faire entrer le cerveau et l'âme du guerrier… Ah, ça m'énerve ! Cette tête ne me revient pas ! Ça me met mal à l'aise. J'aime pas les choses que je ne peux pas expliquer, voilà !

« *Mais Guin n'a pas pris cette tête parce qu'il l'aimait* », songea Linda. La jeune fille n'avait rien exprimé, mais Isht Van lui répondit aussi naturellement que s'il l'avait entendue parler.

— Tu as raison, jeune fille. Ce n'est pas de sa faute si on l'a changé en monstre. C'est pour ça qu'il faut résoudre au plus vite l'énigme de ce mot, « aurra », qui semble être la clé du mystère. Pour moi, c'est clair. Je suis Isht Van, le « Sorcier », le « Mercenaire rouge », et la providence ne m'a jamais laissé tomber ! Mais il y a des choses qui nous dépassent, toi et moi, et qui nous manipulent. C'est énervant quand j'y pense, mais qu'y peut-on ?

Il fit une pause, avant de reprendre, avec un grand sourire :

— Hé, mamzelle, tu as déjà entendu parler de la Princesse de lumière ?

— La Princesse de lumière ?

Ces mots semblaient étrangement familiers à Linda, mais après avoir consulté Rémus du regard, elle secoua la tête.

— Qu'est-ce que c'est ?

Isht Van resta silencieux, se contentant de marmonner tout bas.

— Alors ? insista Linda.

Sans répondre, Isht Van épousseta les miettes de ses genoux et se leva brusquement.

— Bon, c'est pas le moment de bavarder. Mon plan, c'est de trouver un radeau et de descendre le fleuve jusqu'à Loss. Vous en êtes ou pas ? Longer Nociphère, affronter les barbares et les monstres, éviter les créatures du fleuve avant d'atteindre la mer et la route de Kélonia, c'est dangereux et on ne sait pas comment ça va finir. Décidez-vous vite. De toute façon je vais chercher un radeau. Les renforts vont bientôt arriver de Thalos, il faut absolument franchir le fleuve.

Linda et Rémus ne savaient que faire. Ils se prirent la main et se consultèrent en silence. Puis ils se tournèrent vers Guin. Suni n'avait pas compris la conversation, mais elle semblait avoir deviné qu'il s'agissait de quelque chose d'important, et elle attendait à l'ombre d'un rocher, en mâchant tranquillement sa viande. Isht Van les observait impatiemment.

Toujours dénuée d'expression, la tête féline de Guin s'inclina doucement en avant. Ses yeux jaunes restaient indéchiffrables. Il ouvrit lentement la bouche. Isht Van le savait, la réponse de Guin déciderait de la suite des événements. C'était Guin le chef de cette équipée, et il en était sans doute toujours ainsi. Il y avait, chez ce guerrier maudit, la majesté des grands monarques. Même la fière princesse de Paroh en avait conscience. Elle attendait sa décision. De sa voix étouffée, Guin parla enfin :

— Si on cherche un radeau, on commence par les caves ?

Isht Van claqua une main sur sa cuisse. Sous les rayons du soleil son armure brillait d'un éclat noir, tout comme ses yeux d'obsidienne.

Leur chemin était tracé.

2

Il fut relativement aisé de trouver un radeau. Les Sem avaient largement pillé la forteresse, mais ils ne s'étaient pas intéressés aux embarcations, ni aux équipements variés que renfermaient les réserves. Ils leur avaient principalement préféré les arbalètes perfectionnées de Gohra, les vêtements et les étoffes. Rien ne poussait dans Nociphère qui soit susceptible d'être transformé en tissu, et les Sem utilisaient pour se vêtir la peau des quelques fauves vivant dans la plaine et, bien plus répugnant, celle des membres des autres tribus sem. Parcourant les ruines de l'imposant édifice, Linda et Rémus virent que les corps des soldats de Gohra avaient été dévêtus. Ils détournèrent le regard de cette triste vision. Suni, manifestement terrorisée, s'agrippait à Linda.

Ni Guin, ni Isht Van ne semblaient émus par le spectacle. Ils se frayèrent un chemin au travers des cadavres et, parvenus devant une grande porte en partie brûlée, unirent leurs efforts pour dégager les corps qui en bloquaient l'accès. Isht Van paraissait mince à côté des larges épaules de Guin, mais ce corps souple recelait plus de forces qu'il n'y paraissait, et il déplaçait sans problème les corps encore munis de leurs lourdes armures.

Après un long moment, le mercenaire les appela enfin. Derrière la porte, il avait trouvé un radeau intact.

C'était une embarcation solide, construite avec des planches de bois dur assemblées par des éléments de fer, et munie d'une voile. Large et stable, le radeau était bien adapté aux flots tumultueux du fleuve Kes.

Sous la direction d'Isht Van ils rassemblèrent des rondins dont ils firent un tapis et, suant et soufflant, tirant et poussant, ils réussirent à extraire le radeau des ruines fumantes. Arrivés au pied des murailles, ils se demandèrent comment le transporter en bas de la falaise. Ce fut encore le mercenaire qui résolut le problème en retrouvant le système de poulies destiné à cet usage. Ils manœuvrèrent avec peine le gigantesque mécanisme, mais finirent par déposer – intact – le radeau à la surface de l'eau. Déjà, le soleil avait atteint le milieu de sa course, et il dardait sans pitié ses rayons brûlants.

Couverts de sueur, ils décidèrent de s'accorder une pause. Ils savaient que les renforts de Gohra allaient arriver, mais étaient trop fatigués pour bouger. Les jumeaux étaient épuisés par l'effort et la chaleur, et ne remarquaient même pas Suni qui les éventait avec une feuille. Même le « Mercenaire rouge » était à bout de souffle.

— Hé, Tête de chat, t'es sûr que t'es vraiment humain? demanda-t-il vertement à Guin, qui n'était pas même essoufflé. Par la queue du serpent Cetho, personne n'est aussi fort que ça!

Guin ne prit pas la peine de répondre.

Le Valakien contemplait avec satisfaction le radeau qu'ils avaient eu tant de peine à mettre à l'eau.

— Bon, on a un radeau. À l'origine, il devait permettre aux soldats de traverser le fleuve en cas de besoin. Mais vous savez ce qu'ils ont voulu nous faire faire, à la forteresse ? Un pont sur le Kes ! Je ne sais combien de fois on s'est entraînés pour arrimer des chaînes à l'autre rive en traversant en radeau. Et tu sais pourquoi ? L'archiduc Vlad n'aime pas que ses terres soient limitées, même par ce fleuve. Il veut envoyer une armée dans la plaine pour étendre le territoire mongaul. Enfin... Disons plutôt qu'il veut étendre *son* territoire, histoire de s'affirmer face à deux autres archiducs, Tario de Kum et Olu Ghan de Yulania. Même Nociphère est assez bon pour Vlad si ça peut le renforcer face à ces deux-là !

— Cela ne me concerne en rien, répondit calmement Guin.

Il n'imaginait pas que l'ambition sans limites de l'archiduc croiserait bientôt sa propre route.

Ils reprirent leur souffle et se relevèrent rapidement, poussés par la crainte de l'arrivée imminente des renforts mongauls.

— Quoi qu'il en soit, il nous faut des vivres et de l'eau – l'eau du Kes n'est pas potable, et je ne suis pas sûr que les poissons soient très appétissants. Il nous faudra aussi des armes, reprit Isht Van.

Il semblait avoir donné ce genre d'ordres toute sa vie. Sous sa direction, les jumeaux et Suni se mirent en quête de nourriture, sans grand succès. La plupart des vivres avaient été volés par les Sem, et les jarres de vin ou d'eau avaient été brisées.

Ils trouvèrent tout de même de la viande et des fruits

séchés, ainsi que de la farine, qu'ils pourraient diluer dans de l'eau. Ils partagèrent ces maigres réserves et les mirent à l'abri dans des bourses de cuir, accrochées à leur ceinture. Penché sur les cadavres sem, Isht Van fouillait avidement leurs sacs.

— Qu'est-ce que vous cherchez ? demanda Linda.

— Je regarde si je ne trouve pas de l'argent ou un truc à prendre.

Son sourire éclatant ne laissait voir nulle trace de remords. La jeune fille se dit qu'elle ne pouvait vraiment pas se fier à un tel homme. Comme s'il avait entendu ce qu'elle pensait, le mercenaire sourit. Alors que Linda allait s'éloigner du trafic peu ragoûtant du Valakien, celui-ci l'interpella :

— Hé, mamzelle ! Vous allez faire quoi tous les deux quand on aura atteint Kélonia ? C'est quoi, votre histoire ? Vous n'êtes pas du coin...

— Et vous ? Pourquoi cherchez-vous cette « Princesse de lumière » ?

La question avait surpris Linda, mais elle n'en avait rien montré, et avait répliqué sèchement. Le mercenaire éclata de rire.

— T'es maligne, toi. On te coince pas facilement, hein ! dit-il, admiratif. Sous le soleil, tes cheveux brillent comme de l'or. C'est peut-être toi, la Princesse de lumière... C'est quoi, le nom de ta famille ?

— Vous voilà bien curieux ! s'emporta la jeune fille.

Rémus s'approcha, l'air inquiet. D'un regard, elle lui enjoignit de se taire.

— En quoi ma naissance vous concerne-t-elle ? poursuivit-elle. Et même si j'étais cette fameuse princesse, je ne vois pas en quoi cela vous concernerait !

Elle rejeta en arrière ses « cheveux d'or » d'un geste sec.

— Cela me concernerait pourtant, car la Princesse de lumière détient la clé de mon destin, répondit-il d'une voix douce.

Ce changement de ton intrigua la jeune fille, aiguisant sa curiosité.

— La clé de votre destin?

— À vrai dire, je n'en sais guère plus. Mais la prophétie...

Il n'acheva pas sa phrase, comme craignant d'en avoir trop dit. Alors que Linda allait réclamer des explications, Guin et Suni s'approchèrent. Guin tenait une arbalète dans chaque main. Il avait l'air nerveux.

— Partons, déclara-t-il brusquement. Il y a de la fumée du côté des bois de Thalos. Ce sont sans doute les renforts d'Arvon ou de Thalos. À cheval, il faut environ deux jours et demi pour relier Arvon à Stafolos. S'ils ne se sont pas arrêtés en chemin et qu'ils ont forcé l'allure, leur avant-garde devrait bientôt entrer dans la forêt de Rood.

— Compris! réagit immédiatement Isht Van.

Le mercenaire en tête, ils s'engagèrent le long de l'étroit chemin qui serpentait au flanc de la rive abrupte, reliant la forteresse au fleuve.

Sans se concerter, ils adoptèrent bientôt un pas rapide, comme fuyant devant des poursuivants invisibles. Guin se retourna pour vérifier qu'ils n'avaient pas laissé de traces de leur passage. Dans les ruines encore fumantes, plus rien ne bougeait. Le feu n'avait pas même épargné l'esprit démoniaque qui avait pris possession de la forteresse et de son maître. Guin grogna son approbation, puis il se retourna et suivit les autres vers le fleuve.

Le radeau tangua sous le poids du grand guerrier, et Isht

Van dut se déplacer prudemment pour en rétablir l'équilibre. Guin entreprit de répartir les passagers :

— Linda, rapproche-toi du mercenaire; Suni, reste bien au milieu!

— Larguez les amarres!

Il y avait dans le cri joyeux d'Isht Van comme un écho de son enfance au bord de la mer. D'un grand coup de sabre, il trancha la corde qui retenait jusque-là leur radeau. Le courant rapide saisit aussitôt l'embarcation, les entraînant au milieu des flots sombres du Kes.

Linda frissonna et agrippa des deux mains l'un des garde-corps de fer qui bordaient le radeau. La vitesse du courant était effrayante.

— Attention à ne pas tomber à l'eau! Avec ce courant, impossible de faire demi-tour pour vous repêcher! avertit le mercenaire.

Debout à la poupe, armé d'une lourde perche, Guin s'efforçait de contrôler la trajectoire du radeau.

La journée était chaude, mais le fleuve était balayé par un vent fort. Trempés par les embruns, les cinq compagnons commencèrent à avoir froid. Linda s'habitua bientôt à la vitesse de leur course. Repoussant ses cheveux, elle cria pour couvrir le bruit des flots :

— Comme l'eau est claire! Je crois que je vois même les pierres du fond. C'est vraiment le Kes? « Le Fleuve sombre »? « La Rivière de la Mort »?

Accroupi à la proue, Isht Van haussa les épaules en silence. Il s'accrochait de la main gauche au garde-fou, gardant à la main droite son sabre dégainé.

— Ne dis pas n'importe quoi! intervint Guin. Ce fleuve est bien trop profond pour espérer en voir le fond. Si tu penses voir les pierres, méfie-toi : c'est sans doute un animal qui a pris cette apparence. Gardez tous ça en tête : nous sommes dans les Marches, et le danger est partout!

Tout en parlant, Guin continuait à surveiller leur trajectoire, y apportant de minutieuses corrections grâce à la perche qu'il maniait habilement. Linda échangea un regard avec un Rémus effrayé, et acquiesça docilement.

— Désolée, Guin... Mais regarde! Nous sommes déjà loin de Stafolos. À cette allure, nous allons atteindre l'embouchure en un rien de temps, non?

— Jusqu'à Loss, il y a environ cinquante *tads*, c'est-à-dire cinquante journées de cheval, répondit calmement Isht Van. Avec ce courant, on peut espérer parcourir dix *tads* par jour. Ça nous laisse cinq longues journées à passer sur ces eaux maudites. Tu ferais mieux de prier pour que Yarn nous protège!

— Ça va, je posais juste une question! répliqua furieusement Linda.

Haussant les épaules, le mercenaire lui offrit son plus beau sourire.

Ils reportèrent toute leur attention sur la course du radeau. Mais même sans cela, aucun d'eux – pas même Guin, aux yeux pourtant si perçants – n'aurait sans doute remarqué la silhouette du cavalier qui les observait, du haut de la rive escarpée de Gohra, sur leur droite.

Son casque s'ornait d'un panache blanc, ondulant dans le vent. Son armure et ses jambières étaient blanches, et même son cheval blanc était entièrement harnaché de cuir ivoire incrusté de pierres précieuses.

Derrière sa visière baissée, ses yeux étaient fixés sur les eaux du fleuve. En contrebas, Guin et ses compagnons ressemblaient à des fourmis sur une feuille emportée par le courant.

Le cavalier observa un moment les efforts du groupe, puis, avec un hochement de tête approbateur, tourna bride. De longs cheveux blonds s'échappèrent de son casque et brillèrent un instant au soleil. Levant une main gantée de mailles d'argent, le cavalier donna un léger coup de cravache à sa monture, accompagnant le geste d'un cri bref. D'un pas léger, le cheval blanc s'éloigna de la rive escarpée, et disparut le long d'un chemin étroit, vers la forteresse d'Arvon. Le calme revint sur la forêt. Sur le fleuve, les cinq navigateurs n'avaient rien remarqué.

— Dis, Guin, une fois à Loss, comment tu feras pour cacher ta tête ? Et puis Suni…, demanda Rémus, qui, accroché au bastingage, contemplait les flots agités.

— Je trouverai un moyen.

— Et Suni ?

— On la déposera en chemin, pour qu'elle puisse retrouver les siens.

— Tu te poses toujours autant de questions ? On dirait une vieille femme qui gamberge toute seule ! remarqua Isht Van d'un ton acerbe. Chez vous, c'est ta sœur qui porte la culotte ?

— Mais c'est pas… !

Vexé, Rémus s'apprêtait à répliquer, mais il n'acheva pas sa phrase. Les mots lui restèrent dans la gorge. Le souffle coupé, il agrippa des deux mains le garde-fou.

— Eh bien ? insista Linda.

— Là-bas... C'est... bizarre! bredouilla Rémus d'une voix tremblante.

— Bizarre?

Haussant les sourcils, Linda jeta un regard dubitatif dans la direction qu'indiquait son frère. À son tour, elle étouffa une exclamation.

— Mais qu'est-ce que c'est que ça?

Sur leur droite, un amas d'écume blanche s'était formé. Il approchait rapidement, comme s'il poursuivait le radeau. L'écume s'écarta soudain, révélant une incroyable créature. Fendant l'eau à toute vitesse, bardée de crocs acérés, une énorme bouche approchait.

— Un magnos! cria Isht Van, raffermissant en hâte sa main sur la garde de son sabre. Méfiez-vous! Il va heurter le radeau pour nous faire tomber à l'eau. Et celui qui tombera...

Lentement, l'immense bouche s'ouvrit.

3

Linda hurla. Lâchant la main courante, elle enfouit son visage dans ses mains, pour ne plus voir l'horreur qui approchait.

— Mais quelle... ! Linda, ne lâche pas cette barre ! Quoi qu'il se passe, tiens-toi des deux mains ! Sinon tu vas passer par-dessus bord ! tempêta Guin, tout en s'échinant à diriger le radeau.

— Et il t'avalera tout rond ! compléta Isht Van.

Le sabre à la main, le mercenaire ne quittait pas le monstre des yeux. Et quel monstre ! Magnos signifiait « grande bouche ». Et on comprenait tout de suite que la bête portait bien son nom ! C'était une immense gueule plantée de dents, innombrables et acérées comme celles des requins de la mer de Lentt. Mais le plus horrible était sans doute l'absence de corps. Mis à par cette bouche, il n'y avait rien : ni tête, ni tronc, ni membres – rien qu'une immonde paire de mâchoires claquant férocement. Comme si un esprit démoniaque avait créé cette chimère dans le seul but de dévorer tout ce qui pouvait l'être.

Tremblante, Linda regardait la créature cauchemardesque approcher. Les mâchoires s'ouvraient et se fermaient frénétiquement, et à chaque fois, des quantités impressionnantes d'eau en sortaient, en un jet d'écume blanche. Linda comprit que, dépourvus de pattes ou de nageoires, ces monstres avançaient ainsi, se propulsant par la force de leurs mâchoires.

Chaque claquement de dents rapprochait la créature, et chaque jet d'eau faisait tanguer le radeau, de plus en plus brutalement. Les passagers ne pouvaient retenir leurs cris d'effroi. Ballottés violemment, ils s'accrochaient désespérément au bastingage.

— Guin, non !

L'exclamation de Linda fut étouffée par le bruit de la vague qui venait de balayer brusquement le radeau. Guin n'avait pas cessé de barrer, et il ne s'était pas résolu à lâcher la perche pour se tenir, se fiant à son instinct pour anticiper les mouvements de leur embarcation. Une vague vint le faucher avec force, le projetant vers les eaux déchaînées.

Sous l'effet conjugué des vagues et des efforts de Guin, le radeau s'était rapproché de la berge. Là, le fleuve était beaucoup moins profond, et le guerrier réussit à planter le long bâton qu'il tenait entre les roches du fond. Puis, avec une agilité surprenante pour un homme de sa corpulence, il propulsa son corps dans l'espace, à la manière d'un sauteur à la perche, et reprit pied sur le radeau. Dans le même mouvement, il parvint même à récupérer le lourd bâton, unique outil permettant de contrôler la course de leur embarcation.

— Oh, Guin...

Rémus pleurait presque de soulagement. Mais le répit fut de bien courte durée.

— Attention, il va attaquer ! prévint Isht Van, qui n'avait pas quitté le monstre des yeux. Quand il sera sur nous, continuez à vous agripper, mais couchez-vous au fond du radeau. Si vous tenez à la vie, ne relevez pas la tête ! Je me charge de lui...

En un instant, la bête fut sur eux.

Ses mâchoires claquaient férocement, crachant violemment eau et écume. Son intention était claire : il s'attaquait au radeau pour projeter ses proies dans l'eau.

— Guin, attention ! avertit Isht Van.

Le mercenaire abattit son sabre en direction du monstre. Mais avant même que la créature ne le touche, son coup fut dévié par l'eau qu'elle projetait violemment autour d'elle. Le mercenaire ne lâcha pas son arme, mais il dut se raccrocher au bastingage pour ne pas tomber dans les flots bouillonnants.

Le magnos jaillit de l'eau. Toujours cramponnée, Linda s'était couchée de son mieux au fond du radeau. Mais quand la bête passa au-dessus d'elle, la jeune fille ne put s'empêcher de regarder. Là, entre les immondes mâchoires, au fond de la gueule béante, elle vit briller une paire de petits yeux. Les magnos du fleuve Kes conservaient leurs organes sensoriels *à l'intérieur* de leur gueule démesurée. C'est ce qui conférait à l'attaque de celui-ci sa précision démoniaque. Frappée par l'expression maléfique qui animait les yeux de la bête, Linda hurla sa terreur. L'animal passa par-dessus les jumeaux et le mercenaire. Il avait décidé de s'attaquer à Guin.

Mais la proie qu'il avait choisie n'avait pas l'intention de se laisser faire. Guin leva la lourde perche qu'il tenait toujours, et, à l'instant où le monstre qui se jetait sur lui ouvrit la gueule, il y plongea cette lance improvisée. Les mâchoires se refermèrent, et les innombrables crocs s'enfoncèrent profondément dans le bois. D'un large mouvement, Guin fit tourner la perche, expédiant le monstre au loin. La bête retomba dans une grande éclaboussure et disparut un instant dans les eaux du fleuve. Mais en réaction à ce brusque mouvement, le radeau perdit sa stabilité, et pencha dangereusement vers les eaux où le magnos venait de disparaître.

— Hiiiii !

— Suni !

Les mains engourdies de la jeune Sem venaient de la trahir. Arrachée au garde-fou, Suni passa par-dessus bord. Aussitôt, la masse d'écume caractéristique du magnos réapparut et se dirigea vers cette proie facile.

— Aidez-la ! hurla Linda.

Guin étendit un bras puissant, attrapa le petit corps qui se débattait dans l'eau, et le déposa à l'abri sur le radeau. Le magnos sembla hésiter un instant à poursuivre son attaque. Mais la masse écumante replongea bientôt vers les profondeurs du fleuve, où elle disparut.

Pendant un instant, le silence retomba sur le radeau.

— Pfuuuu !

Isht Van poussa un long soupir, comme au sortir d'un mauvais rêve.

— Par la blanche poitrine d'Ishtar ! Par les mille crocs de Galm ! Quelle sale bête ! Il ne manque de morceaux à personne ?

Personne ne releva la plaisanterie, ce que même le mercenaire pouvait comprendre… Haussant les épaules, il entreprit d'essorer le bord de sa tunique.

— Quelle histoire... On dirait qu'on vient de rencontrer un requin géant !

Trempés de la tête aux pieds, ils passèrent un moment à essorer et essuyer leurs affaires.

— Ça va, Suni, c'est terminé, il est parti.

Suni s'agrippait encore au fond du radeau. La pauvre Sem tremblait de tous ses membres. Linda la prit dans ses bras et tenta de la réconforter.

Guin récupéra sa perche et entreprit de guider vers le milieu du fleuve leur embarcation, qui s'était dangereusement rapprochée de la rive désertique de Nociphère. Il était calme, mais ses yeux jaunes allaient et venaient sans cesse, guettant le danger dans toutes les directions. Heureusement, l'écume maudite ne revint pas troubler la surface du fleuve.

— On dirait qu'il est parti pour de bon. Il ne devait pas être affamé. Heureusement aussi qu'il n'était pas bien gros, conclut-il.

Il secoua la tête pour se sécher, s'ébrouant comme un grand fauve.

— Quoi ?! Il y en a d'autres ? Plus gros ?

Devant l'effarement de Rémus, Isht Van sourit.

— Il y en a bien d'autres. Et s'il n'y avait que les magnos ! Ce fleuve regorge de monstres. Comment crois-tu que tous les cadavres de Stafolos ont pu disparaître en une seule nuit ? Ces petites bêtes ont un bel appétit !

— Et c'est parce qu'ils avaient déjà bien mangé que nous sommes encore en vie, remarqua Guin.

— Exact, confirma Isht Van. Pfuu... Regardez ça ! Je suis trempé jusqu'à la moelle, et même la nourriture est pleine d'eau !

Tous avaient l'impression d'avoir lutté des heures, mais il

ne s'était écoulé que quelques instants. Déjà, le fleuve avait repris son apparence paisible. Les chauds rayons du soleil sècheraient bien vite les rescapés.

— On risque encore de se faire attaquer? s'inquiéta Rémus.

— Bien sûr que oui, assura gaiement le mercenaire. Ne t'inquiète pas. Je sais m'occuper des magnos et des sangsues géantes. J'ai passé plus de six mois dans cette région, et j'ai reçu l'entraînement de tous les gardes postés ici.

« *Mais c'est Guin qui a chassé le monstre* », songea Linda. « *Ce Valakien a la tête plus grosse qu'un magnos !* »

Le mercenaire lui lança un regard rusé. Il lui sourit comme s'il savait ce qu'elle pensait, mais resta silencieux.

Sur le fleuve redevenu calme, le radeau continua sa route.

Au même moment, l'agitation régnait au château d'Arvon. Des messagers étaient partis sur le réseau de routes qui s'étendait à partir de Trace, la capitale, comme une immense toile d'araignée. L'un d'eux venait justement de revenir au château, épuisé sur son cheval luisant de sueur. Commandant de la place d'Arvon et capitaine des chevaliers rouges mongauls, le comte Ricardo était descendu lui-même dans la cour écouter le rapport du messager. Il devint soudain très pâle.

— Quoi? Déjà dans la forêt d'Arvon? Mais pourquoi les postes de surveillance ne nous ont-ils pas avertis? Amenez mon cheval! Je vais au moins aller l'accueillir au pied des remparts.

— Ce ne sera pas la peine, comte Ricardo. Je suis déjà dans vos murs.

La voix tomba dans la cour, froide et claire.

— C… comment ?

Bafouillant, le comte leva la tête vers les remparts. Là-haut, un cavalier monté le toisait – un cavalier au blanc manteau, au panache de neige et dont la monture blanche était harnachée de blanc. Ce même cavalier qui avait observé Guin et ses compagnons un peu plus tôt.

Le chevalier donna un léger coup d'éperons et, comme s'ils ne faisaient qu'un, cavalier et monture descendirent avec aisance vers la cour où se tenait le comte. D'autres chevaliers s'engagèrent à leur suite. De prime abord, il semblait qu'ils portaient tous le même équipement, mais alors qu'ils approchaient, il devint évident que celui qui avait parlé était leur chef : son armure, son manteau et le harnachement de son cheval étaient bien plus richement décorés que ceux de sa suite.

— N'était-il pas imprudent de venir avec une si petite escorte ? fit remarquer le comte.

Mais le chevalier, qui venait de mettre pied à terre dans la cour, balaya le reproche d'un geste de la main.

— Une compagnie de mes chevaliers blancs attend dans les bois d'Arvon. Faites-les escorter jusqu'ici et veillez à ce qu'on pourvoie à leurs besoins. Et ne cherchez pas à connaître la raison de ma présence – pour le moment.

La voix était froide et sèche, mais jeune et bien timbrée. Le ton comme l'attitude indiquaient une assurance, une habitude du commandement que seule conférait une haute naissance. Dans la cour, ceux qui l'entendaient pour la première fois ne purent s'empêcher de vouloir voir le visage de celui qui parlait ainsi.

Le comte commandait lui-même les chevaliers rouges avec un courage reconnu, et, maintenant que le cavalier avait abandonné sa monture, tous pouvaient voir que le nouveau venu était de petite taille. Pourtant, Ricardo s'inclina avec respect devant son hôte :

— Tout sera fait selon vos désirs.

— Stafolos est tombé.

Le cavalier avait prononcé ces paroles sans une trace d'émotion dans la voix.

— Depuis la nuit dernière, mon mage ne voit plus trace de vie dans son cristal. Le comte Vannon n'a sans doute pas survécu.

— Stafolos ? Tombé… ?

Ricardo était un combattant expérimenté. Il avait connu bien des batailles, mais il ne put s'empêcher de se mordre les lèvres face à l'apparente indifférence de son interlocuteur.

— Les trois compagnies que j'ai envoyées dès que nous avons vu la fumée sont donc arrivées trop tard ? Je pensais pourtant qu'elles seraient assez rapides…

— Elles arrivèrent bien trop tard. Depuis l'année du papillon, une telle quantité de Sem n'avaient plus traversé le Kes. Il est probable que Vannon lui-même avait relâché sa vigilance. Nous avons perdu Stafolos. C'est un sérieux revers dans nos plans pour Gohra.

— Je suis désolé, nous aurions dû mieux communiquer, général.

Très droit, le comte détacha le fourreau de son sabre et pressa l'arme sur son cœur, dans le salut traditionnel des hommes de Gohra. Celui qu'il avait appelé « général » leva une main gantée de blanc et replaça le sabre à la taille du comte.

— Vous n'êtes pas fautif, comte. Nous avons perdu Stafolos, c'est un fait. Plutôt que de chercher qui blâmer, tâchons donc de définir la meilleure attitude à adopter désormais. Vous connaissez les détails de la guerre du Dragon noir ?

— Oui.

— Vous savez comment, après de longues années d'attente, nos troupes d'élite se sont finalement emparées de Paroh, le « Joyau des Terres Intérieures ». Nous avons pris la ville et le Palais de cristal, et éliminé le roi Aldross III et son épouse, la reine Tânia. Mais des membres de la famille royale ont échappé à nos chevaliers noirs.

— Les « Perles de Paroh », la princesse Linda et le prince Rémus, l'héritier du trône...

— Oui. Ils auraient été vus dans la forêt de Rood. Le Palais du Scorpion doré brûle de savoir comment deux enfants sans défense, non contents d'échapper à nos troupes d'élite, ont pu traverser les Terres Intérieures, de Paroh jusqu'aux Marches, en une seule nuit. Il y a là un mystère dont la clé pourrait nous permettre de contrôler les trois duchés de Gohra, mais également la totalité des Terres Intérieures et des Marches. Et, comte Ricardo...

— Oui ?

— Y a-t-il un lien entre la présence de ces enfants à Stafolos et l'attaque des Sem ?

— Eh bien... hésita le comte. Me posez-vous cette question en tant que représentant de l'archiduc, commandant des chevaliers rouges et général de Dextre ?

— Oui, comte Ricardo.

— Eh bien, je dois avouer que je ne vois pas comment deux

enfants pourraient abattre une place aussi bien construite et défendue que Stafolos...

— Imbécile ! Nous savons bien que ce sont les troupes sem qui ont pris Stafolos !

La voix du général était cinglante, et le comte pâlit.

— Je vous demande si l'apparition simultanée des enfants et des troupes sem au même endroit ne relève que du hasard. Les héritiers de Paroh ne se sont-ils pas alliés aux Sem ?

— Impossible !

Dans sa surprise, le comte oubliait sa réserve.

— Que la théocratie la plus ancienne des Terres Intérieures s'allie avec les hommes-singes de Nociphère...

— Rien n'est impossible, comte, répliqua sévèrement le général.

Puis, pointant sa cravache en direction du fleuve Kes, au-delà des remparts :

— S'il y a une chance sur un millier – une chance sur un million – que Paroh s'allie aux Sem, et que les fidèles à la famille royale rassemblent les soldats survivants pour reconquérir leur capitale, Gohra serait pris en tenaille. Nous ne pouvons courir ce risque ! De plus, j'ai vu une chose étrange en chemin.

— Une chose étrange, général ?

— Ou du moins improbable. J'ai chevauché sur les berges du Kes, et j'ai aperçu un radeau. Il venait de Stafolos et suivait le courant. Il a passé Arvon et se dirige probablement vers Tsulîd, ou peut-être Loss.

— Un radeau sur le Kes !?

Le rire du comte s'étrangla bien vite. Il avait entendu des rumeurs terribles sur le chevalier blanc. On disait le représentant de l'archiduc Vlad particulièrement sévère.

— Peut-être des Sem ?

— Non.

Le chevalier semblait soudain perdu dans ses pensées.

— Je n'ai pas réussi à bien voir – j'ai d'excellents yeux, mais même pour moi, ils étaient bien loin. Je crois qu'ils étaient cinq. Un groupe bien insolite : deux hommes, deux filles – peut-être des enfants – et quelqu'un de très petite taille, sans doute un Sem. Mais surtout...

Le comte ne quittait pas le général des yeux. Un personnage de cette trempe, célèbre dans tout le pays... Troublé au point de chercher ses mots !

— L'un des deux hommes m'a paru très curieux.

— Curieux ? De quelle manière ?

Le général eut un rire amer.

— Mes yeux m'ont peut-être joué des tours ! Mais j'aurais juré que cet homme avait une tête de léopard ou de tigre ! Un corps parfaitement normal, mais une tête de fauve sur les épaules...

— Un homme-fauve ?!

Pour ne pas éclater de rire, le comte se mordit les lèvres.

— Quoi qu'il en soit, souhaitez-vous que j'envoie des hommes à leur recherche ?

Il pensait effectivement que les yeux du général étaient en cause, mais il savait ce que celui-ci attendait de lui.

— Je les ai déjà envoyés, répondit le général d'un air satisfait. Cette histoire m'intrigue, et ce groupe me semble suspect. J'ai détaché un peloton de mes hommes avant de venir ici. Ils ont pour ordre de s'assurer de leur identité et de nous les amener si cela s'avère nécessaire.

— Je vous prie de m'excuser, j'aurais dû deviner...

Le comte était impressionné. Voilà un chef qui ne laissait rien au hasard !

Le général reprit aussitôt:

— Mobilisez une compagnie et deux pelotons. Nous devrons peut-être intercepter ce radeau. Vous effectuez bien les exercices de traversée du fleuve, comme vous en avez reçu l'ordre lors de la réunion au Palais, au début de la lune rouge?

— Oui, général.

— Bien. Préparez vos hommes pour une traversée, on ne sait jamais. Et quand les troupes que vous avez envoyées à Stafolos vous signaleront leur arrivée par signaux de fumée, vous leur répondrez ceci...

Les instructions qui suivirent étaient si étonnantes que, bien qu'il sache qu'il allait irriter son interlocuteur, le comte ne put s'empêcher de poser la question qui lui brûlait les lèvres :

— Veuillez pardonner mon audace, mais pourquoi le Palais du Scorpion doré a-t-il pris une telle décision?

— Contentez-vous d'exécuter les ordres.

Une autre réponse aurait étonné le comte...

— J'ai chevauché depuis Trace sans prendre le temps de m'arrêter un instant. J'ai besoin d'un peu de repos. Donnez-moi une chambre, et ne me réveillez que quand vous aurez vu les signaux de fumée.

— Tout de suite, général.

Un valet partit ventre à terre exécuter les ordres de l'étrange visiteur. Pendant ce temps, le général avait tranquillement commencé à défaire les liens de son heaume. Le comte n'ignorait pas ce que dissimulait ce casque, mais, à l'idée de contempler ce visage, il retint son souffle. Lentement, les fines mains délacèrent les derniers liens et repoussèrent enfin le casque au panache blanc. Il sembla alors que le soleil sortait de derrière un nuage.

Des cheveux d'un blond lumineux cascadèrent dans leur

liberté retrouvée. Ils étincelèrent dans les rayons du soleil, comme des vagues d'or pur, puis dévoilèrent le visage qu'ils avaient un instant caché. Immédiatement, le comte pensa à Irana, la déesse de la Guerre. Elle devait avoir le même visage que la jeune femme qui se tenait devant lui.

Elle était si jeune, c'était plus une jeune fille qu'une femme. Et pourtant il se dégageait d'elle une dignité impressionnante. Les cheveux qui lui tombaient bas dans le dos encadraient son beau visage et l'expression décidée de ses lèvres pleines. Rien ne parviendrait jamais à briser cette volonté, ne put s'empêcher de penser le comte. Mais quelle joie ce serait de voir un jour ces lèvres lui sourire ! Et ce regard... Ses yeux verts, aussi profonds que le fleuve Kes, abritaient une détermination et une passion peu communes. Un étrange mélange de noblesse et d'ambition, de sang-froid et de grâce les faisait briller d'un éclat unique.

Elle était très jeune, mais, comme l'aube, sa beauté était la promesse d'une splendeur à venir. Non pas de la grâce éthérée de la pâle déesse Ilis, mais la beauté d'Irana, la guerrière en armure qui se tient fièrement à la droite de son mari, le dieu-soleil Ruah. Dans la cour, les regards admiratifs ne quittaient pas la jeune fille. Le page revint enfin.

— Vos appartements sont prêts, dame Amnélys.

Elle adressa un léger signe de tête au comte et suivit tranquillement le page. Désormais, tous savaient que dame Amnélys, général de Dextre, commandant suprême des opérations de la guerre du Dragon noir, commandant des chevaliers blancs, bras droit et seule fille de l'archiduc Vlad, était à Arvon.

4

Pendant ce temps, sur leur radeau, les cinq compagnons continuaient à descendre le cours du Kes. Ils n'avaient plus subi d'attaque, ni même vu de magnos ou de sangsue géante, et déjà, le lit du fleuve s'élargissait. Le chariot de Ruah avait dépassé le zénith, et il se rapprochait désormais du sommet des montagnes. Le fleuve semblait à nouveau calme et inoffensif.

À leur droite, le vert sombre des forêts profondes n'était interrompu que de temps en temps par une fumée, seul signe de la présence de pionniers dans les Marches.

Parfois, un oiseau quittait la cime des arbres, son cri déchirant le silence alors que les longues plumes de sa queue zébraient le bleu du ciel d'un éclair d'ébène et de rubis. Parfois, un serpent d'eau, surpris par le radeau, s'enfuyait en souples ondulations de son corps brun.

Sur leur gauche s'étendait le paysage aride de Nociphère, un désert grège de rocs et de dunes. De place en place on apercevait une tache de couleur pâle. Mais le vert poussiéreux du lichen ne faisait qu'accentuer la tristesse du paysage, confirmant ce que tous savaient : seuls les monstres et les barbares survivaient ici.

Au-delà de cette étendue plate, une chaîne de montagnes barrait brutalement l'horizon, comme un mirage sombre et menaçant.

— Les monts Asgaloon, le toit du monde. Ils séparent les royaumes du Nord et les Marches, leur expliqua Isht Van, à qui personne n'avait rien demandé. Au-delà de ces montagnes, il y a Kuinlan, dont je vous ai déjà parlé, et Taluan, le pays des géants. C'est là aussi que se trouve Vanhaim, le royaume des dieux, tombé sous le joug du héros Baldor. Enfin, tout au nord, il y a Nolun, la fin des terres.

Personne ne lui répondit. Sans en paraître le moins du monde contrarié, le mercenaire continua à parler.

— Je ne comprends pas du tout pourquoi Gohra, enfin, l'archiduc mongaul, s'intéresse tant à Nociphère. On en a passé des nuits à en parler, dans les quartiers des mercenaires. Les Marches de Gohra sont verdoyantes et fertiles. Mais dès qu'on franchit le Kes... plus rien ne pousse. Alors pourquoi ? Une sacrée blague de Yarn, d'ailleurs, ce fleuve infernal ! À moins qu'il ne l'ait placé là justement pour délimiter un monde pour les hommes et un monde pour les monstres. Et c'est vrai que pendant longtemps personne ne s'est intéressé à Nociphère : on disait que la terre y exhalait des poisons mortels, et que l'air y charriait des infections.

La plus étrange des histoires que j'ai entendues sur Nociphère, c'est celle qui parle des deux seuls peuples qui survivent là-bas. On dit que les Lagons, ces géants, et les petits Sem – et je ne qualifierais ni les uns ni les autres d'« humains » – étaient autrefois comme vous et moi ! Ce serait Nociphère qui les aurait transformés, petit à petit... Mon grand-père connaissait un nombre incroyable d'histoires. C'était un barde plutôt célèbre en Valakie, vous savez. D'après lui, les miasmes qu'exhalent les terres de Nociphère ont le pouvoir de transformer en monstre n'importe quel être vivant. C'est pourquoi, dans le désert et autour, on trouve tant de créatures bizarres : les magnos du Kes, les sangsues des sables, les pierres volantes, et un tas de créatures invraisemblables sorties tout droit de l'imagination démoniaque de Doal...

Il se tut un instant. Puis, comme sous le coup d'une inspiration soudaine, il se tourna vers Guin :

— Hé, Tête de chat, t'aurais pas un peu trop traîné dans le coin, toi aussi ?

— Guin n'est pas un monstre ! s'emporta Rémus.

Linda lança un regard hostile au mercenaire, qui n'avait pas du tout l'air embarrassé. Guin, lui, se contenta de secouer la tête en signe d'ignorance. Il n'avait même pas l'air d'être vexé.

— C'est pas possible ! Depuis le temps, tu devrais au moins te souvenir de quelque chose. Je me demande si ta tête est vraiment aussi vide que celle des serpents du fleuve, ou si tu veux juste nous le faire croire...

— « Mercenaire rouge », vous n'êtes qu'un imbécile !

Linda avait visiblement perdu son sang-froid. Isht Van éclata de rire.

— Ah ! fillette, quand tu es en colère, tes yeux s'assombrissent, comme un ciel nocturne... Tu ferais mieux d'utiliser ces beaux yeux pour surveiller l'eau, histoire d'être prête pour la prochaine attaque de magnos !

— Goujat !

Elle murmura quelques imprécations entre ses jolies dents blanches, mais ne put s'empêcher de jeter un regard rapide aux flots sombres du Kes. Le soir approchait. Le radeau venait de dépasser Arvon pour pénétrer dans les terres du sud de l'archiduché mongaul. La forteresse de Tsulîd n'était plus loin.

Ils dînèrent simplement, avec la viande trouvée à Stafolos et quelques fruits frais de vanja récoltés avant leur départ. Leurs vêtements avaient séché, et ils ne portaient plus trace de la lutte contre le magnos. Infatigable, Guin maniait la perche, les maintenant encore et toujours sur leur trajectoire.

— Hum ! C'est bien trop calme... murmura Isht Van.

Visiblement, le « Mercenaire rouge » ne supportait pas le silence.

— Qu'est-ce qu'il vous arrive, cette fois-ci ? répliqua vertement Linda.

Le mercenaire l'énervait prodigieusement. Elle oscillait entre indignation et perplexité. Étrangement, il y avait chez ce Valakien insolent, audacieux et intrépide, quelque chose qu'elle ne pouvait s'empêcher d'apprécier.

— Je dis que tout ça est bien trop calme. On raconte que le Kes est le premier des enfers, et nous voilà en pleine croisière d'agrément ! Il va se passer quelque chose, je le sens !

— Oh, un pressentiment d'Isht Van « le Sorcier » ? le railla Linda.

Le mercenaire avait déjà abondamment vanté ses propres mérites.

— On peut dire ça... Hé, Tête de chat, tu n'as tout de même pas l'intention de nous faire naviguer de nuit sur le Kes ?

— Bien sûr que non. Naviguer sur le Fleuve sombre après

le crépuscule serait du suicide. Nous hisserons le radeau sur la rive un peu avant la tombée de la nuit et ferons un feu, pas trop grand pour ne pas attirer l'attention. Nous nous relaierons pour monter la garde cette nuit, et nous repartirons au lever du jour.

— Bonne idée ! s'exclama Rémus.

Il jeta à Isht Van un regard en coin. Le prince n'avait pas oublié les moqueries du mercenaire. Linda, elle, ne dit rien. Mais elle n'en pensait pas moins. *« Heureusement que Guin est là ! Si on devait se fier à ce soi-disant sorcier... »* D'ailleurs, le mercenaire lui-même ne semblait pas contester le rôle de Guin à la tête de leur petite expédition. Mais il y avait, dans sa façon de vous regarder, dans son air moqueur et calculateur, quelque chose qui irritait fabuleusement Rémus et Linda.

— C'était aussi mon intention.

Comme s'il n'avait pas perçu l'animosité des jumeaux, il poursuivit :

— Quand nous aurons quitté le duché mongaul, les choses devraient être moins compliquées. De la pointe de Tsulîd à la ville libre de Loss, il n'y a que quelques communautés de pionniers.

— Même avant cela, il nous faudra bien camper côté mongaul. Passer la nuit sur la rive de Nociphère serait bien plus dangereux ! reprit Guin.

— C'est certain ! répliqua Isht Van, fixant Guin d'un air impénétrable.

Depuis le début de leur voyage, Guin avait remarqué que le mercenaire l'observait souvent – plus souvent que ne le justifiait la curiosité à l'égard de son étrange apparence. Pourtant, Guin ne voyait pas d'autre raison de le dévisager ainsi...

Guin releva la tête et soutint le regard scrutateur. Ils s'affrontèrent ainsi un instant, prunelles d'ambre contre regard d'obsidienne. Puis le Valakien céda, trouvant un intérêt soudain à la rive mongaule.

Dans l'eau rougie par le soleil couchant, Guin entreprit de rapprocher le radeau de la rive.

— Guin !

Isht Van avait chuchoté, d'une voix où perçait l'urgence.

— Guin, attends ! Quelqu'un s'approche !

— Mais qu'est-ce qu'il...

D'une pression sur le bras, Linda fit taire Rémus. Isht Van scrutait les ombres de la forêt.

— Attends, Guin, ne nous rapproche pas plus. Quelqu'un arrive vers nous. Ils sont nombreux, dans la forêt...

— L'armée de Gohra !

Linda avait à peine chuchoté.

— Peut-être. Ou peut-être que Yarn est encore une fois clément, et que ce ne sont que quelques pionniers... Attendez un peu... Par le cheval volant d'Irana !

— Il y a au moins un peloton, remarqua tranquillement Guin.

— Bizarre... Leurs armures sont blanches.

Fronçant ses sourcils bruns, le mercenaire se pencha pardessus le garde-fou. Les inconnus sortirent soudain de la forêt, et leurs silhouettes apparurent aux yeux de tous.

Le danger était imminent, et pourtant la beauté du spectacle les frappa. Les uns après les autres, les cavaliers blancs sortaient silencieusement de l'ombre des arbres, et, comme des apparitions surgies des neiges éternelles d'Asgald, prenaient position sur la rive.

Ils étaient vêtus de manteaux blancs, et des panaches de la même couleur ornaient leurs casques. Leurs chevaux, harnachés de blanc, étaient aussi immaculés que les armures de leurs cavaliers.

— Des chevaliers gohrans… remarqua calmement Guin.

— Blancs ? Impossible !

Le ton d'Isht Van était sans réplique.

— Pourquoi ? Tout le monde a entendu parler des cinq ordres de chevaliers mongauls : Noirs, Blancs, Bleus, Rouges et Jau…

— Ça va, gamine, on connaît ! l'interrompit brutalement le mercenaire. Le problème, c'est que Stafolos était protégé par le troisième régiment des chevaliers noirs du comte Vannon. Et à Arvon, ce sont les hommes du comte Ricardo, le cinquième régiment des chevaliers rouges qui sont stationnés. Les Marches ne sont tenues que par les Noirs et les Rouges…

— Et les Blancs ?

— Les chevaliers blancs forment la garde personnelle de l'archiduc. Ils sont basés à Trace, et commandés par Amnélys, la fille de l'archiduc, qui est aussi général de Dextre. Je ne vois pas pourquoi un seul d'entre eux viendrait ici, alors un peloton…

— Et pourtant ils sont là.

Guin avait parlé avec son calme habituel, mais le mercenaire ne put dissimuler son énervement.

Ils n'eurent guère le loisir d'approfondir la question. Le mince espoir de passer inaperçu s'envola quand un chevalier à la large carrure s'approcha de l'eau et mit ses mains en porte-voix :

— Ohé, du radeau !

Guin et Isht Van échangèrent un regard. Le mercenaire désigna le sabre qui pendait à son côté, mais Guin secoua la tête en une dénégation ferme. Les chevaliers étaient nombreux, mais rien n'indiquait encore que leurs intentions fussent hostiles.

— On fait quoi ? (Le murmure du mercenaire était à peine audible.) Il va bientôt faire nuit...

— Attendons de savoir ce qu'ils veulent.

Sur la rive, le chevalier leur faisait signe.

— Ohé ! Vous m'entendez ? Nous sommes des gardes-frontière mongauls, nous venons du château d'Arvon. Accostez, nous voulons vous poser quelques questions !

Isht Van grimaça.

— Pour moi et les gosses, on peut les baratiner, mais avec Suni et ta tête de chat, ça risque d'être plus compliqué ! Guin, on n'a pas le choix, il faut filer !

Encore une fois, Guin secoua la tête.

— Non. Regarde !

Les chevaliers n'avaient pas l'intention de s'aventurer sur les eaux du Fleuve sombre pour les poursuivre. Mais pendant que leur chef tentait d'amadouer les occupants du radeau, la trentaine d'hommes en armes s'était déployée sur la rive. Les arbalètes étaient toutes tournées vers l'embarcation, et pas une main ne tremblait. Isht Van soupira.

— Que nous voulez-vous ? Nous ne sommes que de simples voyageurs, nous n'avons rien fait de mal !

— Il est inutile de discuter ! Nous avons reçu ordre d'escorter les passagers de ce radeau à la forteresse d'Arvon. Accostez ou nous tirons !

— Ça ne mène à rien, murmura le mercenaire, visiblement en colère. Vous, les gosses, à plat ventre ! On va essayer de gagner du temps : ils ne pourront pas viser dans le noir.

— Accrochez-vous bien !

Guin planta sa perche entre les rochers et repoussa vivement le radeau vers le milieu du fleuve. De la rive leur parvinrent les cris des soldats. Guin poussa encore une fois, et le radeau rejoignit le courant. Ils s'échappaient, et les soldats ne pouvaient les retenir.

Tout à coup, Isht Van cria :

— Un magnos !

Avec un hurlement, Suni pointa le doigt vers le fleuve. Dans les dernières lueurs du jour, une énorme masse d'écume venait d'apparaître à la surface du Kes.

Les avertissements des chevaliers et les glapissements paniqués des jumeaux étaient maintenant couverts par le rugissement de l'eau, alors que la masse bouillonnante fendait les flots à une vitesse incroyable, droit vers le radeau... Tout à coup, l'écume s'écarta, révélant la bête qui les attaquait. Et quelle bête !

— C'est fichu, le radeau ne va pas tenir !

Et de fait, le magnos était si gros que les remous qu'il provoquait faisaient dangereusement tanguer leur embarcation. Tout en s'agrippant de son mieux, Isht Van avait empoigné son sabre, et il tentait à présent de frapper l'énorme bouche.

La bête esquiva et revint à l'attaque, propulsant une quantité incroyable d'eau. Si elle secouait assez fort, un repas finirait bien par tomber à portée de dents... Les cinq compagnons se cramponnaient désespérément au garde-corps alors que le radeau était ballotté comme un fétu de paille dans la tempête. Plus personne ne songeait à contre-attaquer : seules comptaient leurs mains sur le garde-fou.

Sur la rive, les soldats s'affairaient. Ils avaient reçu l'ordre de capturer ces gens, et ils allaient obéir. Ils braquèrent leurs arbalètes sur le monstre. Mais leur cible s'agitait frénétiquement, et ils craignaient de toucher les passagers du radeau. Leurs tirs n'eurent aucun effet.

Ni Guin, le « guerrier léopard », ni Isht Van, le « Sorcier », ne savaient que faire. Le magnos réussit à soulever une extrémité du radeau, et Guin comprit qu'il allait le retourner, et qu'ils allaient tous être dévorés par ce monstre insatiable. Le guerrier se redressa et, s'aidant du garde-corps, il se rapprocha du monstre. De sa main libre, il saisit l'épée courte qu'il portait au côté – dans de telles conditions, une arme plus longue l'aurait handicapé. Prenant sa lame entre les dents, il se débarrassa du sac qui l'encombrait. Quand elle vit l'éclat féroce qui brillait au fond des yeux jaunes de Guin, Linda comprit qu'il préparait quelque chose. Elle se redressa, et lâcha la rambarde.

— Guin, qu'est-ce que… ?

Oubliant sa propre sécurité, elle tenta de se rapprocher.

— Arrête ! Tu vas te faire tuer !

— Tiens-toi donc !

Guin avait brièvement repris son arme en main pour lancer cet avertissement. Il la replaça entre ses dents. Puis il se ramassa sur lui-même, s'apprêtant à bondir au cœur de l'enfer bouillonnant, droit sur le monstre.

— Attends ! Guin, regarde ! Regarde le magnos !

Ils regardèrent, et n'en crurent pas leurs yeux. Le monstre semblait pris de panique. L'eau s'était changée en gelée, et il se débattait désormais au milieu d'une matière visqueuse. Non ! C'était autre chose. Une créature répugnante avait nagé – si l'on peut appeler cela de la nage – jusqu'au magnos et avait entrepris de l'envelopper totalement.

Le corps de la créature était flasque et translucide, recouvert d'innombrables tentacules, courts et blanchâtres. On aurait dit une amibe géante, plus longue que le radeau. Elle avait sans doute été attirée par l'agitation. Utilisant ses petits tentacules pour se propulser dans l'eau, elle avait commencé à s'enrouler autour du magnos, dans l'espoir que la proie serait comestible.

Sa victime pouvait se débattre de toutes ses forces, les tentacules ne cédaient pas. Une fois que le monstre avait établi sa prise, il n'y avait plus qu'une seule issue : sa proie était purement et simplement digérée. Le magnos avait trouvé son maître...

Le magnos se débattait maintenant si violemment que les attaques qu'il avait menées contre le radeau paraissaient dérisoires en comparaison. Dans des eaux changées en sang par les rayons du soleil couchant, le magnos livrait son dernier combat dans de gigantesques éclaboussures. Mais le nouveau venu encaissait sans relâcher son étreinte. Le chasseur était devenu la proie. Mû par son instinct de survie, le magnos se retourna vers son assaillant et plongea ses formidables crocs dans la masse gélatineuse. Mais le monstre flasque ne semblait ni saigner ni souffrir, et sa seule réaction fut de resserrer encore son étreinte.

— C'est le moment, partons ! hurla Isht Van.

— Non, j'ai perdu la perche ! répliqua Guin.

Soudain, Guin cria, aussitôt imité par Linda et leurs compagnons. La lutte des deux monstres venait de soulever une vague encore plus forte que les autres. Le radeau fut propulsé dans les airs.

Dans les derniers rayons du soleil, les hurlements retentirent, alors que tous les passagers étaient projetés dans le fleuve.

— Ça va, tout le monde ?

Recrachant l'eau du fleuve, Isht Van fut le premier à ressortir la tête à l'air libre. Élevé au bord de la mer, il était bon nageur.

Il s'apprêtait à rejoindre la rive mongaule. Mais il avisa les chevaliers qui s'agitaient et criaient, et les deux monstres qui continuaient à lutter, à mi-chemin entre lui et la terre ferme. Il se retourna, et se rendit compte que l'autre rive était la plus proche. Balayant ses derniers doutes, il décida de nager vers Nociphère.

Il trouva Linda non loin de là, qui flottait entre deux eaux. La jeune fille avait eu la chance de retomber assez près de la rive après avoir été projetée hors du radeau. Il lui glissa une main sous le menton, et, en nageant d'une seule main, il entreprit de rejoindre Nociphère. Tous deux parvinrent à atteindre la terre ferme sans rencontrer d'autres prédateurs, et le mercenaire escalada les rochers, hissant la jeune princesse inconsciente derrière lui.

Au même moment la tête de fauve de Guin réapparut à la surface de l'eau, et le guerrier, parvenu aux mêmes conclusions que le mercenaire, commença à nager vers Nociphère. Il projeta sur la rive le frêle corps de Suni, et repartit en sens inverse. Ce ne fut qu'après avoir secouru Rémus que Guin accepta la main que lui tendait Isht Van, et qu'il se hissa avec agilité sur la rive désertique. Juste à temps ! L'effroyable masse visqueuse en avait déjà fini avec le magnos et se dirigeait désormais vers Guin avec toute la vitesse que lui procuraient ses tentacules. Constatant que la dernière proie potentielle venait de s'échapper, la bête se résolut à regagner les profondeurs du fleuve.

Pendant quelques instants, personne ne dit mot. Ils gisaient, essoufflés et trempés, sur un rocher plat.

Le soleil avait disparu derrière l'horizon, et sur l'autre rive, les chevaliers n'étaient plus que des formes indistinctes.

C'est ainsi que les compagnons prirent pied sur la rive de Nociphère.

Deuxième partie

LES PLAINES SAUVAGES

1

— C'est inadmissible ! Inadmissible !

Nul besoin de crier ces reproches pour que la honte submerge les combattants alignés pour les entendre. L'irritation qui saturait la voix y suffisait amplement.

Le comte Ricardo, commandant de la place d'Arvon et capitaine du cinquième régiment des chevaliers rouges, n'était pas beaucoup plus à l'aise que les autres fidèles combattants de Gohra assemblés dans la Salle du Lion. Bien sûr, le plus à plaindre était le chef du détachement des chevaliers blancs, celui qui avait directement reçu les ordres, Vlon.

— Je vous prie de me pardonner, général. Mais...

— Vos excuses sont inutiles ! Vous n'avez pas pu les capturer. Ce n'est pas ce que je vous reproche. Chacun connaît l'échec un jour ou l'autre. Mais, alors que vous les aviez approchés, et sous seul prétexte que vous n'en aviez pas reçu l'ordre, vous avez négligé de les poursuivre au-delà du fleuve, et vous êtes contentés de revenir. Cette incurie est inadmissible ! Dès que vous avez vu l'étrange aspect de ce groupe, vous auriez dû comprendre qu'il fallait le capturer, quitte à traverser le Kes. De plus, il fallait nous dépêcher un messager, pour rendre compte de la situation et requérir des renforts. J'aurais ainsi pu envoyer la compagnie, les deux pelotons et le radeau que le comte Ricardo avait mobilisés selon mes instructions. Ils auraient traversé le fleuve, et probablement pu capturer ces mystérieux voyageurs. Ou bien avez-vous pensé qu'il était trop dangereux de traverser le Fleuve sombre à cheval, Vlon ?

— Oui, général.

Vlon transpirait. Il était issu d'une vieille lignée de la noblesse de Trace, liée à la famille de l'archiduc Vlad en personne. Mais nul homme dans tout le territoire mongaul n'osait tenir tête à la jeune fille qui se tenait devant lui – pas même l'archiduc.

Le général Amnélys avait délaissé son armure au profit d'une longue toge blanche recouvrant des pantalons ajustés. Ses cheveux, plus éclatants que l'or le plus pur, se déployaient librement le long de son dos, jusque sous sa taille. Elle était vraiment très belle. Mais sa beauté se révélait très différente des appas des courtisanes. Il s'agissait plutôt de la pureté inaccessible d'une princesse.

Peu d'hommes pouvaient soutenir le regard de ses yeux aigue-marine, et entendre sans frémir les réprimandes froidement prononcées par sa bouche décidée. Et le capitaine Vlon n'en faisait pas partie : une grimace déformait son visage – déjà laid au repos – et il baissait honteusement la tête. Voyant cela, le général changea de ton.

— Bon. Tâchez, à l'avenir, de ne plus vous contenter d'appliquer mécaniquement mes ordres, et ne me décevez plus.

Les hommes du comte Ricardo traversent actuellement le fleuve. Espérons que mes craintes sont sans fondement...

Elle fit une courte pause.

— Comte Ricardo, rejoignez-moi dans mes appartements avec le devin Gaïus.

— Bien, général.

Le maître du château salua bien bas. Alors que le général s'éloignait, il prit le temps d'observer sa démarche élégante, et la manière dont sa toge dansait à chacun de ses pas. Sa silhouette était gracieuse ; c'était pourtant celle d'un guerrier au corps affûté.

Le comte attendit qu'elle disparaisse avant de se tourner vers le capitaine déprimé pour le réconforter.

— C'était pas de chance, Vlon !

Tous deux comtes, ils étaient de rang équivalent : le grade de simple capitaine de Vlon était largement compensé par son appartenance aux fameux chevaliers blancs. Lui et Ricardo étaient de vieux amis.

— Je n'avais pas compris ce que redoutait le général. Je ne l'ai réalisé qu'en entendant le rapport sur la chute de Stafolos. Si j'avais su que ce groupe bizarre abritait les jumeaux de Paroh, je ne les aurais pas laissés filer, quitte à traverser ce fleuve maudit !

— Mais tu ne le savais pas, tu n'es pas à blâmer.

En lui-même, Ricardo se réjouissait de ne pas non plus être en tort.

— Mais je sers toujours le général, j'étais avec elle au Palais de cristal, et je la protégeais pendant notre retraite. Je disposais exactement des mêmes éléments que dame Amnélys, et pourtant nous en avons tiré des conclusions radicalement différentes...

— C'est pour ça qu'elle est général de Dextre et représentante de l'archiduc, et pas toi ! On n'y peut rien...

— Elle n'a pas la moitié de mon âge, et elle voit cent fois plus loin que moi...

Le comte Vlon poussa un léger soupir.

— Bah, c'est pas grave... Mais tout de même... Paroh est un vieux pays, qui abrite de bien curieux phénomènes, comme ces enfants qui traversent en une nuit la moitié des Terres Intérieures. Mais quand j'ai vu cet homme-fauve, j'ai cru que mes yeux me jouaient un tour !

— C'est sans doute un masque.

— Non, je ne pense pas. La fourrure avait l'air de pousser naturellement sur ses épaules et sa tête. Et puis un masque aurait été arraché par la violence du choc, quand il a été éjecté du radeau.

— Ça doit aussi faire partie des raisons de l'intérêt de dame Amnélys pour ce groupe... remarqua pensivement Ricardo.

Il cherchait à comprendre, mais il ne pouvait imaginer ce qui s'était réellement passé à Stafolos. Il ignorait qu'un esprit maléfique avait usurpé l'identité du comte Vannon, qui commandait la forteresse et les chevaliers noirs, et avait assassiné de nombreux Sem, provoquant l'attaque qui avait détruit Stafolos.

Mais Ricardo avait appris que les registres des geôles de Stafolos épargnés par le feu mentionnaient la présence d'un homme à tête de fauve et des jumeaux de Paroh, au moment de la destruction de la forteresse. Ils avaient, contre toute attente, réussi à échapper à la fournaise, et apparemment décidé de fuir Mongaul ensemble par le fleuve.

— Je n'ai pas entendu dire à Paroh qu'une telle créature

protégeait les jumeaux. Pourtant, s'il avait mis les pieds dans la Cité de cristal, il est certain qu'on l'aurait remarqué ! D'où sort-il ? Et quel genre de monstre est-ce donc ? s'interrogea Vlon.

Ricardo secoua la tête.

— Je n'en ai pas la moindre idée. Je ne l'ai même pas vu... Mais il faut que j'y aille, mieux vaut ne pas faire attendre le général !

Comme s'il ne l'avait pas entendu, Vlon poursuivit, les yeux dans le vague :

— Paroh était un paradis pour la culture et les arts, mais il n'avait pas la force de résister aux trois duchés de Gohra. La Cité de cristal était si belle ! On se serait cru dans un rêve... Quand elle est tombée, j'ai pensé que c'était une victoire facile, mais... c'est étrange. Il n'y a plus de famille royale, ni de royaume, et pourtant... Il me semble que Paroh vivra toujours dans mon cœur.

Un valet vint annoncer que Gaïus était déjà dans les appartements du général. Ricardo prit rapidement congé, mais Vlon était trop absorbé par ses pensées pour s'apercevoir du départ de son vieil ami.

Les appartements du général se résumaient à la pièce, confortable mais sobre, que le comte avait mise à sa disposition. Quand il y pénétra, dame Amnélys était déjà en pleine conversation avec Gaïus, le mage qui l'avait accompagnée depuis la capitale.

Sur la table d'ébène, une coupe débordait de fruits. Le mage était maigre et desséché dans sa robe blanche bordée de plumes. Il n'avait apparemment pas touché à son gobelet d'eau.

Amnélys s'était assise et avait croisé ses longues jambes, gainées par son pantalon. Elle s'arrêta un instant de parler et porta à ses lèvres la coupe d'hydromel qu'elle tenait négligemment dans sa main d'albâtre.

— En affectant le minimum d'hommes à la reconstruction et à la protection de Stafolos, et sans dégarnir Arvon, de quel effectif disposons-nous, comte Ricardo ?

Elle avait posé la question sans préambule, alors que le comte était encore occupé à fermer la porte derrière lui. Il n'était pas dans les habitudes de dame Amnélys de s'embarrasser d'explications inutiles. Ricardo le savait, et il répondit sans attendre plus d'éclaircissements.

— Je dispose en tout de trois bataillons. Si nous affectons deux compagnies à Stafolos et une compagnie pour Arvon, il nous restera deux compagnies de cavaliers, trois pelotons d'infanterie et, si nécessaire, un peloton en soutien logistique.

— Gaïus ! Que vaut-il mieux : se faire envoyer des renforts des forts proches, comme Tsulîd et Gaïloon, ou réclamer un bataillon de chevaliers rouges à Trace ?

Le mage répondit d'une voix grinçante, parfaitement accordée à son allure squelettique.

— Je vous suggère de faire venir des hommes de Tsulîd et, dans le même temps, de réclamer des renforts à Trace.

— Hum… Cela prendra trop de temps.

Amnélys mordit ses lèvres bien dessinées. Sous sa chevelure d'or, les réflexions s'enchaînaient à une vitesse impressionnante. Ricardo réprima son envie de réclamer des explications.

— Bien.

Elle venait de prendre une décision.

— Ricardo, je n'ai pas besoin de votre peloton logistique, mais pouvez-vous me fournir des cavaliers à la place ? Un seul peloton d'infanterie devrait me suffire. Peut-être même n'en aurons-nous pas besoin : il est dangereux de se déplacer à pied parmi les émanations toxiques de Nociphère. Préparez vos cavaliers à traverser le Kes. Je commanderai personnellement cette expédition. D'autre part...

— Ma dame ! Vous, à Nociphère... ?!

Sous le coup de l'étonnement, Ricardo en oubliait ses efforts pour ne pas froisser le général.

— Il n'en est pas question ! En tant que loyal serviteur de l'archiduc, je ne saurais permettre que vous preniez un si grand risque !

— Comte Ricardo, nous n'avons pas de temps pour ce genre de choses...

Elle tendit sa main fine vers la boule de cristal du mage.

— Je ne m'exposerai pas inutilement au danger, mais j'ai choisi d'affronter les périls quand cela s'avère nécessaire.

Elle fit une courte pause, prenant une gorgée d'hydromel à sa coupe d'argent.

— Nous partirons après nous être amplement préparés. Comme j'étais sur le point de l'expliquer, pendant que les trois pelotons de chevaliers et moi-même traverserons le Kes, le reste de vos hommes construira un pont temporaire et des fortifications pour en contrôler l'accès sur l'autre rive, selon le plan que vous connaissez déjà. Jusqu'à présent, nous avons toujours échoué à édifier un pont permanent. Mais aujourd'hui il importe seulement que l'ouvrage tienne jusqu'à la fin de cette expédition, ce ne devrait donc pas être un problème. Entre-temps, les renforts de Tsulîd et de Trace devraient arriver. Nous pourrons alors entamer l'invasion de Nociphère.

— L'invasion de Nociphère ?!

Ricardo était abasourdi. Depuis quelque temps il avait perçu l'intérêt que portait le Palais du Scorpion doré aux terres arides et mortelles de Nociphère, sans parvenir à en comprendre la raison. Mais il n'avait jamais imaginé une invasion !

— Le Palais prend très au sérieux la perte de Stafolos, expliqua Amnélys. La frontière qui passe par Stafolos et Arvon n'est pas seulement la ligne de défense de Gohra, mais également la limite nord-ouest des Marches. Stafolos était la pierre angulaire de la défense des Marches. Comme je vous l'ai déjà expliqué, notre plus grande crainte est que le reste des troupes loyales à Paroh s'allie aux tribus barbares de Nociphère pour prendre Gohra à revers. L'évasion des jumeaux n'a fait que renforcer cette inquiétude. Il est vital que nous les pourchassions, afin de les interroger au plus tôt, avant qu'ils n'aient pu rencontrer les Sem. Avec un peu de chance, nos craintes sont sans fondement. Mais, même si les Sem et Paroh n'entretiennent aucune relation, nous ne pouvons rester sans rien faire après la destruction de Stafolos. Il nous faut marcher sur Nociphère et mettre à terre les principales tribus sem. Vous comprenez bien qu'à l'heure où nous avons étendu notre puissance jusqu'au cœur des Terres Intérieures, nous ne saurions tolérer d'être attaqués sur notre territoire…

Elle but une autre gorgée avant de continuer ses explications.

— L'invasion de Paroh était une décision unilatérale de mon père. Comme cela sert le bien des trois duchés, les ducs

Tario de Kum et Olu Ghan de Yulania ont officiellement bien accueilli cette initiative. Mais ils ont très peur que l'équilibre des forces entre duchés ne s'en trouve bouleversé, et, actuellement, nos relations sont… tendues. On ne peut exclure une alliance entre Kum et Yulania pour frapper Mongaul, s'ils en ressentent le besoin.

— Pour Mongaul !

Instinctivement, Ricardo avait lancé son cri de guerre et dégainé son sabre pour effectuer le salut gohran. Amnélys réprima un sourire.

— Hum… Oui. Voilà pourquoi Nociphère nous est indispensable.

Les yeux d'Amnélys brillaient maintenant d'un éclat mystérieux.

— Pour protéger nos arrières… ? demanda le comte d'un air hésitant.

Le général éclata d'un rire riche et profond.

— Également, oui.

— Et si nous sommes attaqués…

— Comte Ricardo, ce que je viens de vous apprendre relève du plus haut secret, même au sein du Palais du Scorpion doré, l'interrompit-elle froidement. Restons-en là. Nociphère est extrêmement important, même si pour le moment, rares sont les membres du Palais à en comprendre la raison. C'est pourquoi il nous faut nous en emparer au plus vite… Gaïus !

— Oui !

— Que disent les astres ?

— J'étais justement en train de les interroger à l'instant même, répondit le mage de sa voix desséchée.

Sa main parcheminée caressait alternativement sa boule de

cristal et son tableau d'astrologue. Il semblait comparer les informations que lui livraient les objets. Il répondit enfin :

— Ce n'est pas bon, ma dame. Ou plutôt... C'est étrange. Les astres sont dans une configuration inhabituelle.

Amnélys attendait que le vieil homme continue. Celui-ci saisit la corde de divination qui ornait sa poitrine.

— À vrai dire, je ne peux rien affirmer de précis. Quelque chose commence à bouger. Quelque chose d'extraordinaire... Une chose qui va provoquer des bouleversements violents dans les Terres Intérieures pendant de très longues années. L'étoile de la Guerre, l'étoile de la Providence et, au nord, l'étoile Polaire s'attirent mutuellement. Elles vont bientôt entrer dans la même maison...

— Qu'est-ce que cela signifie, Gaïus ?

— Rencontre, changement, destin...

Amnélys lança un regard perçant au mage. Mais, voyant que celui-ci n'avait pas l'intention d'en dire plus, elle haussa légèrement les épaules et se retourna vers le comte Ricardo.

— C'est toujours la même chose avec les devins. Ils parlent à mots couverts, on ne sait ce qu'ils veulent vraiment dire, et, en fin de compte, ça ne sert à rien.

— Les étoiles ne prédisent pas l'avenir, dame Amnélys. Elles ne font qu'influencer les événements terrestres. Ce sont les hommes qui font l'avenir. On ne peut donc que démêler patiemment l'écheveau. Il n'y a pas d'autre moyen de déterminer à quoi chaque fait est relié, intervint Gaïus.

— Je sais cela, répliqua Amnélys. En résumé, vous ne voyez ni bon, ni mauvais présage.

— Hélas, la configuration des astres ne permet pas de savoir si la fortune sera favorable ou non. Mais il faut s'attendre à de grands changements, aussi violents et impétueux qu'une avalanche.

— Vous ne pouvez rien voir concernant cet étrange homme-fauve ?

Apparemment perdue dans ses pensées, elle continua :

— Je n'aurais jamais imaginé que la terre puisse porter un être si étrange. Quelle est donc cette créature ?

— Veuillez me pardonner, mais il s'agit peut-être de la marque d'une maladie, à moins que ce ne soit qu'un masque particulièrement réussi...

Ricardo n'acheva pas sa phrase. Les paroles de son ami Vlon lui revinrent à l'esprit, et il s'avisa que le général n'avait sans doute que faire de son avis, lui qui n'avait pas même aperçu l'homme en question.

Amnélys ne prit pas même la peine de lui répondre. Elle se tourna vers Gaïus.

— Alors, mage, qu'en dites-vous ? Le monde est vaste, et les Marches abritent bien des secrets. A-t-on jamais entendu parler d'une telle créature ?

— Eh bien...

Gaïus semblait perplexe.

— Nous autres, mages et devins, traitons des choses occultes, mais il ne s'agit jamais que de voir les choses naturelles sous un angle un peu différent. Mais lorsque la logique est ainsi battue en brèche, nous quittons le domaine des mages pour entrer dans celui des mythes.

— Les mythes... Il y avait effectivement un mythe dans lequel apparaissait un être mi-homme, mi-bête... Cirénos, je crois.

De sa main pâle, elle saisit sa coupe d'argent et la vida

lentement. Elle se leva, et les plis de sa toge vinrent s'enrouler autour de son corps élancé.

— Quoi qu'il en soit, si nous les capturons, nous parviendrons peut-être à résoudre une partie de l'énigme. Nous apprendrons ce qu'il y a à savoir sur cet homme-fauve.

— Votre Altesse, quelle est la raison de l'intérêt que vous portez à cet homme ? demanda soudain Gaïus.

Il avait parlé d'une voix posée, mais Amnélys se retourna brusquement vers lui.

— Votre Altesse a-t-elle un pressentiment ? Comme je vous l'ai dit, plusieurs étoiles vont entrer dans la même maison. Il s'agit de la maison du Lion. Autrement dit, les étoiles changent leur course pour se rapprocher d'un grand fauve. Mais il y a plus. Votre Altesse, une autre étoile se dirige également vers la maison du Lion. Il s'agit de celle qui brillait au-dessus de la tour du Palais du Scorpion doré la nuit de votre naissance.

Le mage était soudain étrange. Ses yeux luisaient d'une lumière terne sous ses paupières à moitié fermées. La bouche entrouverte, il avait l'air d'écouter attentivement un son lointain, que lui seul pouvait entendre. Dans l'ombre de sa capuche, son visage de momie ressemblait à un crâne mort.

Pendant un instant, Amnélys garda le silence, ne sachant que répondre. Dans ses yeux verts, la colère le disputait à la surprise et à la gêne. Elle se mordit les lèvres. Ricardo retint son souffle.

L'instant d'après, à la grande surprise du comte, le beau visage du général s'illumina d'un sourire chaleureux.

— Gaïus, vous dites vraiment n'importe quoi. Vous perdez la tête avec l'âge, déclara-t-elle en riant.

Puis, dans un froissement d'étoffes, elle quitta la pièce, les abandonnant pour aller préparer son expédition.

Les deux hommes se regardèrent un instant, puis détournèrent précipitamment les yeux – Ricardo par gêne, le mage, pour que son regard ne trahisse pas ses pensées. Ils ne dirent rien.

2

À la nuit tombante, un messager vint les avertir que les préparatifs étaient terminés. Au même moment, en haut de la tour d'Arvon, la cloche sonna exactement dix fois. Dans la forteresse, tous abandonnèrent leurs tâches pour voir ce qui se passait dans la cour centrale.

Arvon était construit sur le même plan que Stafolos, mais abritait une garnison plus importante. Devant les hommes restant sur place pour défendre la forteresse, les cavaliers en armure se rassemblaient en un spectacle superbe et solennel.

Dans l'armée de Gohra, une compagnie comprenait environ cent cinquante hommes, répartis en cinq pelotons. Dans la cour d'Arvon, c'étaient trois compagnies de chevaliers rouges qui s'alignaient, auxquelles venaient s'ajouter les silhouettes pâles de deux pelotons des chevaliers de la garde personnelle du général Amnélys.

Ricardo passa en revue ses trois compagnies. Tous ses hommes portaient de sobres armures rouges, des casques de cuivre, des gantelets et des jambières assortis. Sur leurs poitrines, le blason de l'archiduc combinait le scorpion mongaul et le lion de Gohra. Des plumes rouges ornaient les casques des trois commandants de compagnie. Des panaches comparables, bien que plus courts, désignaient les quinze commandants de pelotons.

Sur leur droite se tenait la formation des deux pelotons des chevaliers blancs de Trace. Ils représentaient l'élite de l'élite : les hommes chargés de servir et protéger la famille de l'archiduc. Leurs armures blanches s'ornaient également du blason mongaul. À leur tête, le comte Vlon et le baron Lint portaient des panaches blancs, signe de leur charge.

Amnélys apparut à un balcon. À ses côtés, un jeune page portait son arme, un sabre à la garde ornée de pierres précieuses. Alors que les cinq cents hommes rassemblés en contrebas avaient levé la tête vers elle, Amnélys constata avec satisfaction que nulle trace de lâcheté, d'hésitation ou de faiblesse ne venait entacher leurs regards. Elle n'y voyait que la tension qui précède l'action, et le respect qu'ils lui portaient.

Il faut dire que, du haut de son balcon, elle offrait un spectacle frappant. Elle avait abandonné sa toge pour son armure, et un manteau d'un blanc immaculé pendait à ses épaules. Elle portait à la taille une dague dont la garde et le fourreau brillaient de l'éclat des joyaux qui les décoraient. Elle n'avait pas encore mis son casque, et ses cheveux blonds cascadaient librement dans son dos, scintillant à la lumière des torches. Au milieu des flots dorés de sa chevelure, son visage pâle était animé d'un éclat intense. Elle semblait sortir d'une légende héroïque. Elle salua ses hommes d'un signe de tête et saisit l'arme que portait le page.

— Ce soir, avec ces trois compagnies de chevaliers rouges, et les chevaliers blancs commandés par Vlon et Lint, nous allons traverser le Kes. Nous marcherons cette nuit sur Nociphère, afin de capturer les jumeaux de Paroh et ceux qui les protègent. Moi, Amnélys, général de Dextre, vous commanderai personnellement. Notre avancée nocturne sera dangereuse. Chaque compagnie allumera des feux et des flambeaux afin d'éclairer notre route et nos rangs. Nous progresserons en formation serrée. Vous emporterez trois jours de rations. Nous rentrerons une fois notre mission accomplie. Aucune initiative individuelle ne sera tolérée, et j'attends de votre part une obéissance exemplaire.

— Vive Mongaul !

Hurlé par cinq cents gorges, ce cri fit trembler les murs de la forteresse. Amnélys leva bien haut son sabre :

— En avant !

Sous le regard de Ricardo et des hommes restant en poste, les cavaliers enfourchèrent leurs montures dans un même mouvement. La silhouette d'Amnélys disparut du balcon pour réapparaître aussitôt dans la cour. Son manteau flotta derrière elle quand elle bondit avec légèreté sur son cheval blanc.

Encadrée par le massif Vlon d'un côté, et de l'autre par Lint, Amnélys franchit la première les portes de la forteresse. Le mage Gaïus et un jeune page venaient juste derrière elle. Puis c'était le tour des chevaliers blancs. Ricardo et une partie de ses hommes fermaient la marche.

L'obscurité était déjà complète. Si Amnélys n'avait pas insisté pour partir au plus tôt, nul n'aurait songé à traverser le Kes de nuit.

Mais ces hommes étaient l'élite de Mongaul, et pas un

n'avait protesté. À la suite de leur général, belle et solennelle, ils s'enfoncèrent dans la forêt d'Arvon. Ils chevauchaient en cinq colonnes. Les cavaliers des deux colonnes extérieures portaient chacun une torche, et les ténèbres avaient été remplacées par un demi-jour enfumé. La lumière faisait fuir les animaux, et les chevaliers apercevaient d'étranges créatures qui, tirées de leur sommeil ou dérangées pendant leur chasse, s'enfonçaient dans l'ombre profonde des arbres. Ils n'y accordèrent pas d'importance : il en fallait plus pour inquiéter ces hommes. Ils furent pourtant soulagés quand ils sortirent enfin des bois.

Ils s'arrêtèrent sur la berge du fleuve, contemplant un paysage presque irréel. Sous leurs yeux, le Kes étincelait dans la lumière bleutée d'Ilis, la déesse lunaire. Derrière eux s'étendaient les ombres de la forêt, surplombées par la forteresse d'Arvon, dont les feux perçaient péniblement les ténèbres. Derrière ce halo dérisoire, quelque part au cœur des bois de Thalos, les restes calcinés de Stafolos étaient baignés par la même lumière féerique.

À leurs pieds, le Fleuve sombre coulait paisiblement dans la nuit noire, clapotant innocemment contre les rochers. Cette surface scintillante dissimulait des bêtes féroces et maléfiques. Mais dans la lumière dansante des torches, les hommes qui la contemplaient ne laissaient voir aucune crainte.

Devant eux, le manteau blanc d'Amnélys se détachait de l'obscurité, comme l'étoile qui guide le voyageur. Pendant un instant, elle avait hésité, pensant peut-être aux dangers que recelait le fleuve. Pendant un instant seulement...

— Plus de torches !

Sa voix s'éleva, claire et assurée dans le silence nocturne.

Tous les cavaliers qui ne l'avaient pas encore fait accrochèrent leur arbalète à leur selle, saisirent une torche, et l'allumèrent à celles qui brûlaient déjà. Il fit bientôt aussi clair qu'en plein jour.

Sur un signe d'Amnélys, des hommes se remirent en marche. Le chemin qui menait au fleuve était étroit et sinueux, et cinq cents hommes n'auraient pas eu la place de se regrouper au bord de l'eau. Aussi deux pelotons de chevaliers rouges avaient-ils été désignés pour descendre les premiers. Ils mirent pied à terre et s'avancèrent en une seule colonne, tenant leurs montures par le mors.

Les techniciens du comte Ricardo avaient mis à l'eau des radeaux semblables à celui trouvé à Stafolos par Isht Van, mais renforcés par des pièces métalliques supplémentaires, et visiblement pensés pour résister à un combat.

Les premiers chevaliers rouges laissèrent leurs chevaux pour fixer leurs torches sur les radeaux. Ils embarquèrent avec précaution, dix hommes par radeau. Les techniciens poussèrent les trois premières embarcations vers le milieu du fleuve, et les chevaliers commencèrent à les manœuvrer grâce aux perches prévues à cet effet.

Contrairement à Guin et à ses compagnons, qui s'étaient laissé porter par le courant, les hommes de Ricardo devaient peiner pour traverser le fleuve le plus directement possible. De chaque radeau, dix perches plongeaient à la recherche du fond du fleuve, afin de propulser les embarcations vers l'autre rive. Chaque équipage était si concentré qu'il en vint à oublier les deux autres embarcations, dont les torches dansaient au rythme du courant.

Soudain, un cri et un grand bruit d'eau transpercèrent la

nuit. Instinctivement, tous les hommes saisirent leurs sabres. Une voix s'éleva de l'un des premiers radeaux :

— Un magnos !

Le jet projeté par l'animal avait éteint plusieurs des torches, et pendant quelques instants, seuls les bruits de lutte résonnèrent dans l'obscurité. Puis Ricardo s'approcha du rivage :

— Avant-garde au rapport ! Quelles sont vos pertes ?

Sur le fleuve, l'équipage faisait le point.

— Nous avons perdu deux hommes. L'un tué par le magnos, l'autre éjecté par le choc. Pas de blessé. Doit-on faire demi-tour pour rechercher l'homme éjecté ?

— Inutile ! Continuez, on s'en charge.

Un premier radeau avait atteint enfin la rive opposée. Les dix hommes prirent pied sur la berge avec un soupir de soulagement. Ils venaient de pénétrer dans Nociphère, aussi était-il difficile de considérer qu'ils étaient en sécurité, mais ils avaient survécu au Fleuve sombre.

Ils hissèrent en partie le radeau sur la berge, et l'amarrèrent solidement. Les deux autres embarcations les rejoignirent bientôt, et furent attachés de la même façon de part et d'autre. Puis les chevaliers récupérèrent l'extrémité de chaînes fixées sous les radeaux. Elles étaient reliées à trois autres embarcations, restées sur l'autre rive. Les soldats mirent en place un système de poulies, et commencèrent à haler les radeaux suivants.

Les premières traversées avaient été difficiles et périlleuses, mais le dispositif facilita grandement la suite des opérations. Le deuxième peloton traversa sans encombre, ni attaque de monstres. Ils arrimèrent leurs radeaux aux premières embarcations, que leurs équipages avaient entrepris de doter de solides protections métalliques.

Cette opération fut répétée jusqu'à former un pont flottant entre les deux rives. De longues pièces de métal vinrent compléter et consolider l'ensemble. La compagnie suivante put traverser à cheval. Le pont oscilla sous le poids des trois colonnes de cavaliers, mais il tint bon.

Le reste des hommes passa rapidement, emmenant par les rênes les chevaux de ceux qui avaient franchi le fleuve en premier.

— Bon, la première étape de notre mission est achevée.

Amnélys était visiblement satisfaite.

— Gaïus, combien de temps?

— Encore trois *zans* avant le lever du jour, Votre Altesse.

— Bien, il nous reste du temps.

Les chevaliers rouges avaient tous traversé, et il ne restait plus sur la rive que les deux pelotons d'Amnélys, et Ricardo et ses hommes.

— Ricardo, vous laisserez un peloton de garde ici cette nuit. Dès l'aube, vous enverrez une compagnie sur l'autre rive, pour construire le mur de défense dont nous avons parlé. De plus, veillez à faire consolider et élargir le pont. Nous vous enverrons un messager deux fois par jour. Faites de même. Les communications urgentes se feront par signaux de fumée. Quand les renforts de Tsulîd arriveront, qu'ils se reposent. Puis vous les affecterez à la défense du pont, côté Nociphère.

— Bien, général. Et... Votre Altesse, soyez prudente!

Ricardo avait l'air sincèrement inquiet.

— S'il vous arrivait malheur dans ces terres maudites, je ne saurais que dire au Palais...

— Je reviendrai sitôt les fugitifs capturés. Si entre-temps le courant emportait le pont, reconstruisez-le aussi vite que possible – et aussi souvent que nécessaire.

— Bien sûr.

Amnélys gratifia le comte d'un signe de la tête, avant de rajuster son heaume et d'abaisser sa visière. On ne voyait plus un seul de ses cheveux d'or. Elle se tourna vers Vlon et Lint :

— En avant !

D'un même mouvement, les chevaliers blancs engagèrent leurs montures sur le pont instable. Sous la capuche de son manteau noir, Gaïus était le seul à monter un cheval moreau, aussi sombre que la nuit. On le remarquait comme une mouche dans un bol de lait.

Les torches fixées de part et d'autre du pont donnaient une sensation trompeuse de sécurité, songea Ricardo, alors qu'il voyait avec inquiétude le général s'engager au-dessus du fleuve.

Mais Amnélys et ses hommes traversèrent sans encombre. Alignés sur la berge, les chevaliers rouges attendaient son arrivée près de leurs chevaux.

Elle donna l'ordre du départ et, sans prendre le temps de se reposer, ils s'enfoncèrent dans la nuit de Nociphère.

Nociphère... Un nom légendaire et sinistre.

À cette époque, les Marches, leurs étendues désertiques de dunes et de rocs, leurs forêts profondes et inhospitalières, étaient le domaine des monstres et des barbares. En superficie comme en dangers, elles surpassaient largement les Terres Intérieures, refuge des sciences et de la culture.

Les hommes s'accrochaient à quelques plaines fertiles, entourées par les Marches et les mers de Lentt et de Qohcée. C'est en se disputant ces quelques terres qu'ils avaient construit leurs nations et leurs cultures. Les hommes des Terres Intérieures se contentaient de commercer entre eux, leurs échanges transitant principalement par la « Route Rouge », qui tirait son nom de la couleur des pierres qui la recouvraient. Pour eux, le monde qui s'étendait au-delà de leurs frontières était encore bien mystérieux. Les peuples des neiges éternelles de Kuinlan, Vanhaim ou Taluan faisaient partie des légendes, et les noms des îles de la mer de Qohcée, Shimuhara, Valania ou Lodoss, n'évoquaient que mystères exotiques. Plus tard, la Route Rouge étendrait son réseau, apportant les lumières de la civilisation au plus profond des Marches. Mais à l'époque de ce récit, elle ne reliait que les différents royaumes, duchés et villes libres qui formaient la mosaïque des Terres Intérieures, laissant les Marches aux mains des quelques pionniers qui osaient braver ce milieu inhospitalier. Le monde des hommes s'achevait là, comme au pied d'un mur infranchissable. Les Marches étaient le rempart d'un monde sauvage et inconnu, en guerre permanente contre les humains et leur civilisation.

Les Marches ressemblaient pourtant à un paisible jardin par rapport à Nociphère. Ici ne vivaient que des tribus sauvages et des créatures improbables.

Tournant le dos à la lueur rassurante de la forteresse d'Arvon, Amnélys et ses hommes avaient pris la direction de l'est, sur les traces des fugitifs.

Ici, pas de chemin. Les cavaliers se frayaient un passage entre d'énormes blocs de roc gris sur lesquels s'accrochaient quelques pâles lichens. Les ténèbres, épaisses et stagnantes, ne révélaient rien des monstres qu'elles abritaient. À la lueur des flambeaux, personne ne parlait. Amnélys savait que la lumière des torches risquait de les faire repérer par les fugitifs, mais il aurait été suicidaire d'entrer dans Nociphère sans lumière. Les chevaliers avançaient prudemment, veillant les uns sur les autres, éclairant les passages difficiles afin que les chevaux de leurs compagnons ne trébuchent pas. Si la flamme rassurante d'une torche venait à s'éteindre, un camarade proposait immédiatement son propre flambeau pour la rallumer.

Ils progressaient ainsi, l'éclat de leurs cinq cents torches dissipant pour quelques instants les mystères de la nuit, créant un halo de sécurité provisoire. Les rives du Kes n'étaient pas loin, et pourtant ici l'obscurité paraissait plus épaisse, plus collante qu'au bord du fleuve. Plus ils avançaient, plus la nuit prenait de la consistance, comme une mélasse. Les ombres leur semblaient vivantes – et hostiles.

Amnélys chevauchait au milieu de ses hommes, protégée par plus de cinq cents chevaliers. Soudain, un cri pareil au hurlement d'une femme s'éleva au-dessus d'elle, suivi par le battement d'ailes immenses. Les hommes levèrent leurs torches à la recherche de la bête, mais elle était déjà loin. À la lisière du cercle de lumière, ils aperçurent alors *quelque chose* – un être qui tenait à la fois de la limace et du mille-pattes, et qui s'enfuit aussitôt.

Amnélys ne paraissait pas effrayée par les créatures étranges de Nociphère. Elle avait relevé la capuche de son manteau par-dessus son heaume, et elle chevauchait calmement, apparemment plongée dans ses pensées, imperturbable derrière sa visière baissée. Autour d'elle, les cavaliers ne parlaient toujours pas.

Le soleil allait bientôt se lever. Pourtant, l'ombre ne semblait pas vouloir battre en retraite, et l'air était toujours aussi épais, presque irrespirable. Une odeur infecte, indescriptible, flottait dans l'atmosphère. Le mage Gaïus rabattit encore un peu plus son capuchon sur son visage. Sous le tissu de son manteau, dont il s'était couvert la bouche et le nez, il marmonnait. « *Ça sent le reptar... Ou l'équivalent terrestre du magnos. C'est mauvais, très mauvais ! Mais ma dame est ici car les étoiles l'y ont conduite. Impossible de dire si cette étrange conjonction est de bon ou de mauvais augure... Pourtant les astres bougent... Ils se mettent en place pour former un dessin que je ne saisis pas encore. Peu d'hommes connaissent assez les mystères des cieux pour pouvoir lire une telle conjonction. Peut-être Logandolas le sage, qui vit quelque part dans l'Ouest, ou le mage Agrippa, âgé, dit-on, de plus de vingt mille ans... et bien sûr Gracius, le "Hiérophante noir". Comparé à eux, je suis aussi ignorant qu'un nouveau-né. Et quand bien même j'aurais leur sagesse... Il faudrait bien deux ou trois mille ans à ces mages pour déchiffrer le message des astres. Je n'en connais pourtant pas de plus doctes... Je pourrais leur demander leur avis...* »

Gaïus frémit sous son lourd manteau.

« *Que le ciel nous protège ! Gracius pratique la magie la plus noire. Après tout, il est le grand prêtre du culte de Doal... Impliquer Gracius revient à s'allier aux forces les plus sombres du monde maléfique. Hors de question ! Peut-être Agrippa l'Ancien, témoin d'un passé oublié de tous... C'est un mage légendaire, mais comment faire la part du mythe et de la réalité ? J'ignore ses capacités réelles, j'ignore où le trouver... En fait, j'ignore même s'il existe vraiment ! Rien que pour le trouver, il me faudrait des mois, peut-être des années. Cela ferait une belle épopée à conter à la veillée, mais nous ne pouvons nous permettre de perdre autant de temps.*

Reste Logandolas. Dans sa grande sagesse, il s'en tient à la magie blanche. Mais on dit qu'il s'est isolé dans la montagne pour étudier les astres, et qu'il ne sort presque jamais de sa retraite. Hum ! Tout cela est compliqué, bien compliqué... »

Il secoua imperceptiblement sa tête décharnée.

« Yarn tisse la toile du destin sans se soucier que nous, pauvres mortels, puissions ou pas en déchiffrer le motif... Et je me retrouve seul face à cette énigme. Que puis-je faire, à part veiller sur la princesse ? Qui sait combien de ces vaillants chevaliers survivront à ce pays pestilentiel, et reverront les murs d'Arvon ? Ah... Tout cela est dangereux, bien dangereux... »

— Gaïus !

La voix sèche du général tira brutalement le vieil homme de ses sombres réflexions.

— Oui, ma dame ?

— Vous radotez !

— Pardon, ma dame.

Gaïus ne s'était pas rendu compte qu'il parlait à voix haute. Ainsi rappelé à l'ordre, il se tassa sur sa monture et s'enfonça dans le silence. Sans un autre mot, Amnélys se détourna du mage soucieux. Elle rejeta sa capuche et releva sa visière pour scruter les alentours.

L'obscurité commençait à se dissiper. À l'est, la cime des montagnes se teintait d'or. Dans le ciel de Nociphère, le noir de la nuit faisait place à un gris cendreux.

— Bien, extinction des torches !

Cinq cents flambeaux furent étouffés en un instant.

— Votre Altesse, sommes-nous certains de la direction prise par les fugitifs ?

Amnélys balaya d'un revers de la main la question murmurée par Lint.

— Le tableau divinatoire de Gaïus indiquait l'est, la région de Kanan. Il fera bientôt assez clair pour envoyer quelques hommes sur les hauteurs. Peut-être pourront-ils apercevoir nos fuyards. Mais, même pour couvrir plus de territoire, je ne veux pas diviser mes forces ici, dans Nociphère.

— Je comprends.

— Que les commandants de pelotons vérifient que leurs hommes sont au complet.

— Bien, général.

Lint s'éloigna pour transmettre les ordres. Bientôt les colonnes de cavaliers fatigués s'animèrent alors que les officiers parcouraient leurs rangs. Il ne manquait personne. Satisfaite, Amnélys reporta son attention sur leur route. Alors qu'ils longeaient une formation rocheuse sur leur droite, elle ordonna une halte.

— Pied à terre ! Nous resterons ici un *zan*. Abreuvez les chevaux et restaurez-vous. Établissez des tours de garde et reposez-vous. Je ne veux pas plus de la moitié des hommes endormis en même temps. Restez vigilants.

Alors que les ordres étaient répercutés vers l'arrière des troupes, Amnélys fit signe à Lint, Vlon, Gaïus, et au page, de la suivre vers la colline. Elle lança son cheval au galop. L'animal semblait heureux de pouvoir se dégourdir les jambes après une nuit angoissante, et il grimpa sans rechigner parmi les rocs et les éboulis. Arrivée au sommet, Amnélys dut retenir sa monture pour pouvoir examiner le paysage qui s'étendait à ses pieds. Devant l'océan de pierre et de sable qui ondoyait à perte de vue, elle laissa échapper un soupir. Les dunes et les rochers ressemblaient à des vagues figées dans une immobilité grisâtre. Seules les brumes signalant des exhalaisons de gaz délétères venaient briser la monotonie du désert. À l'horizon, la cime des montagnes s'embrasait sous les rayons du soleil, et la plaine désolée s'éclairait lentement. Mais pas un oiseau ne saluait le jour naissant, et aucun animal ne troublait de ses cris le silence de Nociphère.

Alors qu'elle contemplait cette triste vue, la plaine se teinta soudain d'un rouge sanglant, et le soleil apparut. Un nouveau jour se levait sur le désert.

Portés par le vent, les délicats fils blancs de cheveux d'ange vinrent se coller aux visages et aux armures du général et des quatre cavaliers qui l'avaient rejointe, avant de se dissoudre et de disparaître.

Amnélys plissa les yeux.

Un sourire vint étirer ses lèvres. Sans un mot, elle tendit le bras vers un amas de rochers. Dans les premiers rayons du soleil, un mince filet de fumée s'élevait vers le ciel.

Toujours sans rien dire, elle remit son cheval au galop et descendit la colline. Les quatre cavaliers la suivirent immédiatement. Ils avaient trouvé leurs proies.

La voix du général résonna dans le silence de l'aube.

— En selle !

3

Nociphère s'étendait devant eux, immensité aride et désolée.

— Guin... Je n'en peux plus, arrêtons-nous !

Linda se laissa tomber sur le sol. Elle luttait pour reprendre haleine, tout comme ses compagnons. Rémus s'effondra à côté de sa sœur, trop essoufflé pour parler.

Leur radeau s'était brisé sur les rochers. Sur l'autre rive, les chevaliers blancs d'Arvon leur intimaient l'ordre de revenir. Un trait d'arbalète était même venu se ficher à leurs pieds. Ils étaient trempés et essoufflés, mais ils tournèrent le dos au fleuve et s'enfuirent en courant, sans demander leur reste.

Quand les jumeaux furent trop épuisés pour continuer, Guin consentit enfin à s'arrêter. Les dernières lueurs du crépuscule avaient disparu, et il était de toute façon impossible de courir dans le noir.

Isht Van et Guin se regardèrent. Même le Valakien était à bout de souffle. Il s'assit sans attendre l'accord de Guin.

— C'est bon, personne ne traverse le Kes de nuit, à cheval et sans radeau, déclara le mercenaire.

Il fouilla dans son sac, d'où il tira un fruit. Leurs *gatis*, ces rations faites de farine, et la viande séchée, avaient été détrempés par les eaux empoisonnées du Kes.

— Faisons du feu, proposa Isht Van.

Guin fit mine d'intervenir, mais le mercenaire devança ses objections :

— J'ai déjà dit qu'on ne risquait rien. Et puis tu comptes passer la nuit dans Nociphère sans aucune lumière ?

L'argument était plus que valable, et Guin en convint. Ils ramassèrent des mousses sèches et allumèrent un feu. Ils s'approchèrent tous, et, à la lumière de la maigre flambée, se détendirent un peu.

— Eh bien !

Ce ne fut une surprise pour personne : Isht Van fut le premier à rompre le silence.

— Avec le radeau en miettes et l'armée de Gohra à nos trousses, notre plan en a pris un coup dans l'aile !

Linda se blottit contre son frère, attirant de son bras libre Suni contre elle. Pour dissimuler son angoisse, elle laissa son regard se perdre dans les flammes. Le contact du petit corps velu de la Sem sembla apaiser un peu la jeune fille. Linda leva les yeux vers Guin. Le feu projetait une lueur dansante sur son incroyable tête de fauve. Ils étaient perdus au milieu du désert, fugitifs sans espoir d'un abri, et pourtant la simple vue de Guin réconfortait Linda.

— On ne peut pas retourner à Gohra – surtout sans radeau. Mais on ne peut pas non plus traverser Nociphère sans provisions… Yarn ne nous fait vraiment pas de cadeau ! À moins que tu n'aies une idée, Tête de chat ?

— C'est possible, mais il est trop tôt pour en parler. Quoi qu'il en soit, si on ne peut retourner en arrière, il nous faut avancer.

— Quoi ?!

Isht Van s'apprêtait à se moquer bruyamment de Guin, mais il s'interrompit avec un petit bruit étranglé et un geste de la main, comme pour chasser un insecte de son visage.

— Qu'est-ce qu'il y a ? s'inquiéta Guin.

— Par Doal, des cheveux d'ange ! Je viens de prendre un paquet de cheveux d'ange en pleine figure !

— Méfie-toi. Les cheveux d'ange sont inoffensifs en petit nombre, mais s'ils s'accumulent sur le visage, ils rentrent par le nez et peuvent t'étouffer. Il y en a beaucoup ici. En fait, ce sont les êtres vivants les plus répandus dans tout Nociphère.

— Tu t'y connais, dis-moi ! Mais quoi de plus normal pour un natif du coin. Tu es content de revenir à la maison ?

Le guerrier ne releva pas, mais Linda s'emporta :

— Pourquoi tu dis que Guin est d'ici ? Tu n'en sais rien !

— Bah ! Tous les monstres viennent de Nociphère…

La jeune fille s'apprêtait à répliquer, mais il l'interrompit d'un geste.

— C'est pas le problème pour le moment. Guin, tu dis qu'il faut avancer. Déjà, je ne sais pas comment on peut traverser ce désert sans eau ni nourriture, mais surtout, tu peux nous dire où tu veux aller ? À Kanan ?

— Avons-nous le choix ?

— Tu sais à combien de *tads* sont les monts Kanan ?

— Je crois bien.

— Bon, on traverse Nociphère jusqu'à Kanan. Et ensuite ? On franchit la jungle et le fleuve, on trouve notre chemin dans les contrées exotiques de l'Est, et on arrive à Kélonia, c'est ça ?

— On n'a pas le choix.

— Ben voyons ! Un fantassin ferait ça en quoi... un an de marche forcée ? Et pendant ce temps, on mange quoi ? Les monstres de Nociphère ? Ou peut-être la jeune Suni ?

— Mais vous êtes fou ?!

Linda s'était redressée d'un bond, serrant la jeune Sem contre elle en un geste protecteur.

— M... Manger Suni ?! Barbare ! Monstre !

Sous le coup de la colère, elle parvenait à peine à parler.

— On ne mange pas de singe chez toi ? En Valakie, on les fait griller les jours de fête. C'est délicieux !

Isht Van regardait la jeune princesse s'étrangler d'indignation. Les yeux noirs du mercenaire brillaient d'amusement. S'apercevant que le Valakien se moquait d'elle, Linda se renfrogna et se tut.

Le regard de Suni passait de l'une à l'autre, comme pour comprendre ce qui venait de se passer. Puis elle se glissa hors des bras protecteurs de Linda pour aller se planter devant Guin, pépiant avec véhémence.

Guin prêta une oreille attentive aux gazouillis de la Sem. La surprise se peignit sur ses traits. Puis il répondit dans la même langue. Suni répliqua, sur un ton encore plus pressant.

— Hé, Guin ! Qu'est-ce que cette petite guenon raconte ?

— Ce n'est pas une guenon ! s'emporta Linda.

Guin calma la princesse d'un geste, tout en se tournant vers le mercenaire.

— Suni dit qu'elle n'oublie pas qu'elle nous doit la vie. Elle dit qu'il est trop dangereux de traverser Nociphère seuls, et que nous devrions rejoindre son village. Ceux de sa tribu nous seront reconnaissants, et ils nous escorteront au travers du territoire sem vers la destination de notre choix.

— Oh, Suni, merci !

Linda se jeta au cou de la jeune Sem, qui poussa de petits cris. Elle semblait heureuse que sa proposition fasse plaisir à la princesse.

— Aller chez les singes ?!

Isht Van fronça le nez, comme si cette simple idée offensait ses narines.

— Par la langue de feu de Doal, je n'ai jamais rien entendu de plus ridicule !

— Vous invoquez un peu trop souvent Doal à mon goût, intervint Linda. Vous avez oublié où nous sommes ? Nous sommes dans Nociphère, autant dire sur le pas de sa porte. Ne l'attirez pas sur nous !

— On ne devient pas mercenaire en ayant peur d'un simple mot. En Valakie, « Doal », c'est comme une ponctuation pour les parieurs des champs de courses.

Les yeux des jumeaux s'arrondirent de crainte et d'indignation. Linda fit même le geste de Janos.

— Vous attireriez le malheur sur le plus innocent des voyages !

— Écoute, petite, je m'en vais t'apprendre quelque chose. Je suis Isht Van de Valakie. On m'appelle le Sorcier ou le Mercenaire rouge. Mais on me donne aussi un autre nom : Isht Van « la guigne », déclara-t-il fièrement.

— Ça vous va bien, constata Rémus.

Isht Van gloussa.

— Là où je passe, les jeunes nobles se font tuer en duel, les honnêtes femmes trompent leurs maris et sont jetées à la rue, et les forteresses tombent en cendres. Mais mon vrai talent c'est que, peu importe le désastre que je provoque, j'en réchappe toujours – de justesse, certes, mais j'en réchappe ! Parfois je me dis qu'un pouvoir surnaturel me protège. Mais je ne crois pas que ce soit Janos, ou ce vieux Yarn qui veille sur moi. Non, je crois que Doal lui-même me protège... Pas mal comme allié, non ?

— Vendez-lui votre âme tout de suite, tant que vous y êtes ! Vous plaisantez avec le démon, mais...

Rémus s'arrêta au milieu de sa diatribe pour regarder sa sœur. Le visage de Linda avait soudain changé, comme si quelqu'un d'autre s'était glissé derrière ses yeux violets. Guin, Isht Van, et même Suni, fixaient la jeune fille en silence, le regard vide. L'innocence de la jeunesse avait quitté les traits de la princesse, faisant place à plus de dignité et de fierté que son jeune âge ne le permettait. Dans la lumière des flammes, elle ressemblait à une prêtresse du temple de Janos. Ses yeux brillaient d'un éclat sombre et froid, comme des puits de savoir millénaire. Autour du feu, tous retenaient leur souffle.

Linda leva lentement la main, et la pointa solennellement vers le mercenaire. Une voix grave, bien plus vieille que la princesse, s'éleva de sa bouche :

— Toi, le Porteur de malheurs, tu apprendras bientôt que toutes les catastrophes n'épargnent pas le messager. Le désastre t'accompagne ; il te reviendra bientôt. Quand l'étoile du Lion brillera si fort qu'elle éclipsera ton astre sinistre, alors, pour la première fois, tu trouveras le repos. Les Terres Intérieures tremblent sous le joug des innombrables catastrophes que tu leur as apportées. Cette malédiction ne s'éteindra qu'avec son astre... À la fin, tu comprendras que l'étoile n'éclairait pas son messager.

Linda ferma la bouche, comme si elle avait été gênée par quelque chose. Ses paupières s'abaissèrent brusquement, et, soudain vidée de toute énergie, elle retomba lourdement contre son frère.

— Qu'est-ce que...

Isht Van voulait parler, se moquer. Mais il ne trouva rien à dire. Il n'était pas vraiment effrayé, mais paralysé, comme si le jeune mercenaire avait par mégarde ouvert une fenêtre sur l'éternité, une immensité trop vaste pour être appréhendée.

Alors, dans ce point précis de Nociphère, le temps et l'espace se figèrent dans un silence absolu. Une obscurité plus profonde que la nuit s'abattit sur eux, une obscurité sans fin, une nuit de terreur, sans même la promesse d'une aube lointaine. Isht Van fut soudain saisi par une solitude si violente qu'elle lui glaça le cœur. Terrifié, il regarda autour de lui, à la recherche d'un être vivant, d'un corps de chair et de sang, un corps tiède appartenant au monde des hommes. Mais il ne vit que le masque figé de l'Oracle du Destin et, assis à côté d'elle, un dieu protecteur, silhouette mythique au corps d'homme et à la tête de fauve. La Sem et le prince avaient été engloutis par l'obscurité. Isht Van était assis dans les ténèbres, et le monde se résumait à un guerrier chimérique et à une prêtresse sacrée.

Pour l'éternité...

Isht Van sentit son corps trembler. Il était jeune et téméraire, gai et exubérant, un combattant plein d'aplomb, promis à un destin extraordinaire. Et pourtant il tremblait de tout son corps. La terreur ne l'avait jamais touché, pas même dans les pires situations, et c'était aussi pour cela qu'on le surnommait « le Sorcier ». Et pourtant il tremblait, sans pouvoir s'arrêter.

Le temps s'était figé, glacé. Isht Van était entré dans ce territoire que les mortels, simples jouets dans les mains du destin, n'étaient pas autorisés à pénétrer – pas même à apercevoir. Mais Isht Van y avait plongé le regard, et la soudaine compréhension de la malédiction qui pèse sur les hommes lui glaça l'âme.

— Je...

Sa bouche était aussi sèche que le désert, et sa voix résonna désagréablement à ses oreilles. Avant qu'il n'ait trouvé la force de continuer sa phrase, quelque chose éclata dans leur feu de camp, projetant des étincelles dans la nuit. Le bruit, sec et bref, dissipa le sortilège. Le temps reprit son cours, et la lumière dansante du feu éclaira à nouveau cinq êtres de chair et de sang, cinq corps tièdes, hommes et femmes soumis au bon vouloir de Yarn.

Isht Van poussa un profond soupir, comme pour rejeter hors de ses poumons la sensation glaciale de solitude.

Le masque inexpressif de Guin donnait l'impression qu'il ne s'était rendu compte de rien. Il leva lentement ses yeux dorés.

— Dès l'aube, des cavaliers traverseront sans doute le fleuve à notre poursuite. En tout cas, si je commandais la garnison d'Arvon, c'est ce que j'ordonnerais. Les cavaliers de tout à l'heure nous ont vus. Ils feront probablement le lien avec la chute de Stafolos. Et si leurs yeux sont bons, ils auront repéré Suni. Ils en ont sûrement conclu que nous étions des ennemis de Gohra retournant chez leurs alliés, les Sem. Il est dangereux de voyager de nuit dans Nociphère, mais nous devons pourtant nous y risquer, et mettre le plus de distance possible entre nous et Arvon.

— Oui… Tu as raison.

Isht Van approuva d'un ton hésitant, encore sous le choc de cette expérience métaphysique. Mais le mercenaire recouvra vite son énergie habituelle :

— Il y a tout de même une chose que je ne comprends pas : qu'est-ce que les chevaliers blancs viennent faire dans cette histoire ? Il y a du louche là-dessous, croyez-en mon flair !

— Tout à fait, approuva Guin. Il est d'autant plus urgent de trouver un abri. Nous pourrons ensuite réfléchir à un plan d'action.

— Un plan d'action ?

— Oui. On ne peut pas se contenter de fuir en ligne droite, en espérant échapper à un ennemi aussi puissant que l'armée de Gohra.

— Tu ne suggères tout de même pas de contre-attaquer ?

Isht Van fixait Guin avec incrédulité. La surprise de ce que proposait le guerrier lui fit un instant oublier l'étrangeté de ce qu'il venait de vivre.

— Par la langue fourchue de Yarn, que penses-tu pouvoir faire contre Gohra ?

— Et toi, qu'espères-tu faire à Kélonia ? demanda calmement Guin.

— Eh bien… Je pensais me trouver un chef de guerre, passer les tests de recrutement et me faire oublier parmi les autres mercenaires.

— Vous pouvez peut-être vous faire oublier, mais comment Guin le pourrait-il ?

Linda avait presque crié. Son visage était redevenu celui

d'une jeune fille – presque d'une enfant, remarqua Isht Van. La froideur mystérieuse et sacrée qui l'enveloppait quelques instants auparavant avait disparu. Tout cela aurait aussi bien pu être un rêve…

— Vous pensez peut-être qu'il peut passer les tests et se fondre dans les rangs des mercenaires, avec la tête qu'il a ? Il sera poursuivi, torturé, exécuté… ! Et nous…

Linda se mordit les lèvres. Le mercenaire reprit son sourire habituel.

— Franchement, c'est pas mon problème ! Je me suis toujours débrouillé tout seul, vous n'avez qu'à faire pareil !

— Vous n'êtes qu'une brute égoïste !

Alors que Linda laissait éclater sa rage, Guin se contenta d'acquiescer.

— Il a raison, Linda. Je suis assez grand pour prendre soin de moi. Mais, plutôt que de s'inquiéter de ce que nous ferons une fois à Kélonia, nous ferions mieux de nous soucier d'y parvenir. Si nous traversons Nociphère, nous en avons pour plusieurs dizaines de milliers de *tads*, et retourner à Gohra, c'est se jeter dans la gueule du lion. Dis-moi, mercenaire, es-tu toujours opposé à ce que nous allions chez les Rakus ?

— Demander l'aide des singes ?

Encore une fois, Isht Van fronça le nez à la simple évocation des Sem. Cette grimace infantile rappela un instant à quel point il était jeune.

— Il y a des moments où je me demande ce qui passe par ta grosse tête de chat ! Tu ne veux tout de même pas recruter les singes pour attaquer Gohra ? Quoique… Un monstre parmi les monstres, vous allez bien vous entendre !

Le jeune mercenaire partit dans un grand éclat de rire. Hors d'elle, Linda regardait l'impudent qui riait aux larmes.

— Mais… Mais vous allez arrêter?

La princesse commençait à crier comme une enfant gâtée, sans voir que son attitude entretenait l'hilarité du Valakien.

— Linda, s'il ne veut pas venir, c'est son droit, dit Rémus d'une voix conciliante. Nous n'avons qu'à suivre Suni chez les siens. Je ne pense pas qu'il faille s'allier à eux pour combattre, mais s'ils peuvent nous permettre de rallier Algos ou Kélonia… Nous pourrons nous y cacher en attendant de trouver les survivants du Palais…

— Rémus!

Linda interrompit son frère, mais le mal était fait. Les yeux noirs d'Isht Van s'écarquillèrent, puis s'étrécirent jusqu'à ne former que deux fentes noires, brillant d'un éclat rusé. Le mercenaire afficha le sourire satisfait du chat qui tient une souris.

— Ha, ha! Bien sûr… Je me disais bien qu'il y avait quelque chose de bizarre là-dessous!

Sa voix ronronnait de plaisir.

— Toi!

Il désigna Linda.

— Et toi!

Il pointa le doigt sur le pauvre Rémus.

— Vous êtes les héritiers de Paroh, qui ont survécu à l'incendie!

— Rémus, quel idiot tu fais!

La colère brillait dans les yeux de Linda, alors qu'elle observait le mercenaire. Elle confirma d'une voix glaciale :

— C'est exact. Je suis la princesse Linda de Paroh. Et voici le prince Rémus, l'héritier du trône. Et maintenant, que comptez-vous faire? Nous vendre aux Gohrans? Si vous retournez à Arvon avec cette information, ils pardonneront sans doute votre désertion. Qui sait ? Vous obtiendrez peut-être même le rang de chevalier... Mais vous serez maudit pour l'éternité par la lignée sacrée de Paroh, et par tous ceux qui y sont fidèles. Alors ? Faites votre choix !

— Ben ça alors !

Isht Van affichait un grand sourire mais, bien qu'il ne voulût pas l'admettre, il était impressionné par la fureur de la jeune fille. Et puis... Il ne pouvait s'empêcher d'admirer les yeux violets, assombris par la colère, et les pommettes saillantes et empourprées de la princesse. Elle était d'une beauté à couper le souffle. Mais cela, le Valakien têtu et égoïste ne l'aurait avoué sous aucun prétexte !

— Alors, qu'avez-vous décidé, mercenaire ?

Sans voir le trouble du Valakien, elle continuait, implacable :

— Nous ne sommes que deux orphelins, nous n'avons pas la force de vous résister, et nous ne pouvons vous promettre aucune récompense. Nous ne possédons que la fierté de notre lignée. Nous sommes démunis. Qu'allez-vous faire de nous ?

— Eh bien...

Pour la seconde fois en peu de temps, Isht Van avait du mal à trouver ses mots.

Guin se leva lentement.

— Vous n'êtes pas si démunie, princesse. Vous avez à vos côtés un chevalier prêt à tordre le cou au premier traître qui osera vous menacer.

— Guin ?!

Isht Van était stupéfait. Linda et Rémus levèrent la tête vers le guerrier, et, après un instant d'hésitation, lui sautèrent au cou. Linda, la fière princesse de Paroh, se blottit contre la poitrine de Guin et éclata en sanglots. Sans un geste pour la consoler ou la repousser, Guin gardait ses yeux jaunes fixés sur le mercenaire abasourdi, de l'autre côté du feu de camp.

— Linda, ne pleure pas !

Rémus tentait de réconforter sa sœur, et Suni, visiblement inquiète, vint lui prêter main-forte.

Pendant un instant, Isht Van hésita entre le rire et l'exaspération. Mais la colère fut la plus forte :

— Mais qu'est-ce que c'est que ce bazar ! Par la barbe de Janos le tout-puissant, qu'est-ce que ça veut dire ?! Une sale gosse et une tête de chat, me mettre au pied du mur comme ça ?! Isht Van, vendre les héritiers de Paroh et finir ses jours à Gohra ?! Mais où vous avez vu jouer un truc pareil ? Moi je vous suis, on n'a qu'à aller où vous voulez : chez ces singes puants ou à Kanan… ou chez Doal en personne, pour ce que j'en ai à faire !

— Parfait.

Guin contempla le feu un instant, avant de conclure :

— Partons au plus vite. Je vais demander à Suni à quelle distance se trouve son village.

Il s'entretint avec la Sem dans le langage chantant de son peuple.

— Elle dit qu'il faut environ un jour et demi de marche. Mais les Sem ont de petites jambes, alors je pense que nous pouvons y arriver en une journée.

— J'espère que tu as raison. Il ne nous reste qu'un fruit et un fond d'eau. Si on ne trouve pas d'autre nourriture, je vous assure que je mange la petite guenon !

— Essayez un peu pour voir !

Guin calma Linda d'un geste.

— Allons-y. Faites des torches avec les restes du feu. Essayons d'avancer vers l'est avant l'aube.

Les jumeaux et Isht Van se regardèrent un instant en silence. Puis, comme s'ils avaient passé un pacte sans paroles, tous semblèrent tomber d'accord pour suivre les consignes de Guin sans plus de discussion. Ils furent prêts en un rien de temps.

Dès lors, le guerrier amnésique, le mercenaire valakien, les orphelins de Paroh et la jeune Sem unirent leurs forces vers leur but commun : survivre à Nociphère.

4

Une fois encore, le désert implacable s'étendait devant eux.

Ils n'en avaient bien sûr pas conscience, mais au même moment, près d'Arvon, les chevaliers de Gohra traversaient le Kes. Comme aucun des fugitifs, pas même le rusé Isht Van, ne soupçonnait qu'Amnélys en personne commandait leurs poursuivants, ils ne s'attendaient pas à une réaction aussi rapide. Et pourtant, poussés par un étrange sentiment d'urgence, ils avançaient vers l'est sans épargner leurs forces.

Ils n'avaient pas de chevaux, mais Suni les guidait dans ce désert qui lui était si familier. C'est grâce à elle que les fuyards pouvaient progresser dans le noir sans craindre de tomber dans les nombreux pièges de Nociphère.

Mais même pour les Sem, le désert était traître, et parfois Suni hésitait sur la direction à suivre. Dans ces moments, elle avait recours à une bien étrange méthode d'orientation : elle utilisait les cheveux d'ange, ces étranges fils vivants portés par le vent. Dans les ténèbres environnantes, ils luisaient, émettant une pâle clarté bleutée. Elle en recueillait un avec précaution, et le posait sur sa paume. Le mince filament ne résistait pas longtemps à la chaleur de sa main, mais avant qu'il ne se dissolve, Suni avait appris ce qu'elle voulait savoir.

Cette technique laissait Linda et Rémus pantois. Comment Suni pouvait-elle ainsi « lire » les cheveux d'ange ? Aux yeux des jumeaux, tous ces fils se ressemblaient, et ils auraient été bien en peine de deviner comment la Sem différenciait ces organismes primaires, que le vent portait comme autant de mirages luminescents.

Isht Van renifla.

— Ces drôles de trucs ne font rien d'autre que flotter ? Ils ne mangent rien ? C'est bizarre. D'ailleurs tout ici est bizarre, depuis ces singes puants jusqu'aux crétins de Lagons. Sans parler des bêtes : les magnos des terres, les vers des sables, ces *nurs*, qui ressemblent à des cailloux mais qui sont carnivores, les « mousses de sang »... Et ces fichus cheveux d'ange ! Ce désert est un nid à bizarreries !

Le mercenaire fit une courte pause. Comme personne ne lui répondait, il reprit :

— Les bardes disent que cet endroit est un enfer depuis toujours. Ils racontent aussi que Janos et Doal ont joué le monde aux dés. Janos a gagné, mais il a oublié d'ajouter Nociphère à la liste de ses gains. C'est pour ça qu'aujourd'hui encore, c'est le domaine de Doal – son dernier territoire à la surface de cette terre.

Il chassa avec agacement un cheveu d'ange de son visage.

— Avec ces fichus fils qui se prennent dans la gorge, on ne peut même pas chanter un petit truc pendant qu'on marche.

C'est à devenir dingue, tous ces monstres ! Remarquez, comme je voyage déjà avec des monstres et des dingues...

Personne ne releva, pas même Linda.

— Sans compter que, quand le soleil se lèvera, cet endroit sera aussi chaud que le fond d'une poêle. Ah ! Par le dé de Janos, ce désert va avoir la peau du « Mercenaire rouge » !

— Si tu continues à parler autant, c'est la soif qui aura ta peau, l'avertit Guin.

Isht Van passa la langue sur ses lèvres desséchées.

— Tu préfères peut-être marcher dans le noir, dans cet endroit sinistre, sans un son pour se remonter le moral ? Moi ça me mine...

— Avec le bruit que tu fais, on n'entend pas les bêtes qui peuvent approcher. Et moi, ça m'inquiète.

L'avertissement de Guin réduisit le mercenaire au silence, pour un temps. Jusqu'à ce que, n'y tenant plus, il exige bruyamment que Suni lui montre des plantes ou des animaux comestibles.

— Une fois qu'il fera jour, si tu préfères. Mais il faut trouver quelque chose, ou on ne tiendra pas le coup ! Je suis prêt à avaler n'importe quoi, même de la bouffe de singe s'il le faut... Alors, je t'en prie, Tête de chat, parle à la guenon dans ce drôle de langage d'oiseau, et demande-lui s'il y a quelque chose à boire ou à manger dans le coin. Allez, Guin, s'il te plaît !

— Quel casse-pieds tu fais !

Guin protesta, mais se tourna vers Suni et commença à lui parler. Elle l'écouta attentivement, et se plongea dans une réflexion intense.

— Dites-moi, vous n'avez pas fini le dernier fruit de vanja tout seul, tout à l'heure ?

À la remarque de la princesse, le mercenaire passa la main dans ses cheveux bruns, affectant un air gêné :

— Ces trucs-là? Ça vaut pas un pet de lapin! Ah! J'ai encore été vulgaire devant la princesse de Paroh, quelle honte!

Il se retourna et cracha vigoureusement sur le sol aride.

— *Imiiru!*

Suni arrêta net sa conversation avec Guin. Elle se précipita vers Isht Van en criant, et frappa le grand mercenaire à la poitrine.

— Mais qu'est-ce qu'elle me veut, la guenon?!

Le Valakien s'apprêtait à repousser violemment la Sem. Il interrompit son geste et hurla de terreur :

— Aaah! Aidez-moi! La nuit m'attaque!

Suni recula précipitamment, et les jumeaux bondirent en arrière.

La nuit attaquait vraiment le jeune mercenaire. Comme si l'obscurité avait soudain pris vie, une substance visqueuse, vivante, et aussi noire que le charbon s'était lancée à l'assaut de la jambe droite d'Isht Van.

— Aidez-moi! Elle essaye de m'arracher la jambe!

Toujours hurlant, il saisit sa jambe à deux mains. Il n'avait pas eu le temps de dégainer son sabre avant que la chose ne le tienne, et maintenant il hésitait, de peur de se blesser. La même crainte retenait ses compagnons. Impuissants, ils assistaient à l'horrible spectacle en se tordant les mains.

— Ça monte!

Il se laissa tomber au sol, essayant frénétiquement de se dégager de la gangue de nuit qui avait presque atteint ses hanches.

— Mais faites quelque chose ! Aidez-moi au lieu de rester plantés là !

— Attends !

Linda tendait la main vers l'homme à terre, mais Guin l'en empêcha.

— N'y touche pas. C'est un idoh, c'est dangereux.

— Mais il va mourir !

— Laisse-moi faire !

Guin saisit le mercenaire par le pied droit et le souleva de terre.

— Couvre-toi le visage, ça va être chaud.

Le guerrier approcha sa torche de la jambe emprisonnée.

— Haa ! Guin, tu vas me rôtir !

Sans l'écouter, Guin appliqua la flamme sur la matière noire. Linda hurla. La jambe d'Isht Van prit feu, et le mercenaire se transforma en torche humaine. La chose répugnante brûla en crépitant.

— Arrête, c'est chaud, je brûle !

Les cris du mercenaire étaient déchirants.

— De l'eau, éteins ça !

— Guin, on n'a pas d'eau, il va mourir ! pleurnicha Rémus.

Mais Guin n'écoutait ni les supplications d'Isht Van, ni celles des jumeaux. Il laissa retomber la jambe en flammes sur le sol et la recouvrit de sable. Puis il se jeta sur le tout.

L'odeur écœurante de la chair brûlée envahit l'atmosphère. Linda se laissa choir et cacha son visage dans ses mains. Guin rejeta sa tête de fauve en arrière et retint un gémissement.

Après quelques instants, il se releva. Isht Van, lui, resta au sol, hébété. Sa jambe droite était entièrement couverte des restes calcinés de la bête. Mais ses longues bottes de cuir l'avaient en partie protégé, et il ne portait pas de blessure visible.

— Guin, tu vas bien ?

Linda et Rémus se précipitèrent vers le guerrier, occupé à retirer les lambeaux d'idoh brûlé qui adhéraient à sa poitrine.

— Ce n'est rien. Occupez-vous plutôt du mercenaire.

— Guin, tu es blessé ! Quelle idée d'éteindre le feu comme ça !

— Ce n'est rien. J'ai connu bien pire à Randoch et...

Il n'acheva pas sa phrase.

— Guin ! Tu te souviens de quelque chose ? « Randoch » ? C'est de là que tu viens ?

Linda jubilait. Guin n'avait jamais évoqué de brûlures. Il se concentra, cherchant à poursuivre ce souvenir fugace. Mais il finit par secouer sa grosse tête de léopard.

— Je ne sais pas...

— « Randoch », ça te dit quelque chose, Rémus ?

— « Randoch »... Je connais « Rangart », dans le duché de Kaulos, et le port franc de Rygorl, mais sinon...

— Et vous, Isht Van ? Vous avez dû voyager un peu partout. Ça ne vous dit rien ?

— Quelle sale gosse...

L'indignation donna au mercenaire la force de se relever.

— Je suis à moitié mort, et tout ce qui l'intéresse, c'est le vide qu'il y a entre les oreilles poilues du fauve !

— Guin vient de vous sauver la vie ! Et à cause de votre imprudence, il est blessé !

— Comment ça, mon « imprudence » !? Parce que tu savais que cette horreur était justement là, peut-être ! Par la queue écailleuse de Doal…! J'espère bien ne jamais revivre ça! C'était glacial, je ne sentais plus ma jambe…

Suni pépia longuement, ses yeux allant de Guin au Valakien.

— Suni dit que c'est de ta faute. Les idoh sont dangereux, mais pas aussi agressifs que les magnos ou les vers des sables. C'est toi qui l'as attiré en crachant par terre.

— Et merde…

— Mais tu as eu de la chance que j'y mette tout de suite le feu. Les lames sont inefficaces sur les idoh. Seul le feu peut les empêcher de s'accrocher à leur proie et de la digérer lentement.

— Mais comment le savais-tu? demanda pensivement Linda. Non pas que ça m'étonne de toi…

Guin secoua la tête en signe d'ignorance.

— Je le savais, c'est tout. J'avais une voix dans la tête qui répétait: « Le feu! Mets-y le feu! »

— Quel homme étrange tu fais!

Elle épousseta délicatement la poitrine brûlée du guerrier.

— Tu es sûr que ça va?

Il acquiesça.

— Tout le monde est là? reprit-il.

Linda regarda autour d'elle.

— Où est Suni?

L'obscurité était désormais moins profonde; l'aube n'était sans doute plus très loin. Alors que Linda cherchait des yeux la jeune Sem, celle-ci réapparut en trottinant. Elle montra à Guin le contenu de ses mains en coupe en pépiant joyeusement.

— Elle dit qu'elle a trouvé des mousses qui soulagent les brûlures.

Il se pencha vers la toute petite silhouette.

— Merci, Suni.

Il appliqua la mousse sur sa poitrine et la fixa à l'aide de sa ceinture de cuir. Il s'apprêtait à donner le signal du départ lorsque...

— « Randoch », c'était bien ça ?

Guin et les jumeaux se retournèrent d'un bloc. Derrière eux, Isht Van évitait leurs regards. Il avait parlé très bas. Il poursuivit sur le même ton :

— Je crois que j'ai déjà entendu ce nom quelque part...

Linda bondit.

— Où ça ? C'est un pays ? Une ville ? Ou...

— C'est bien ce que j'essaye de me rappeler ! Ça t'arrive de te taire ?

Puis, comme s'il venait de se souvenir :

— Oui, c'est ça ! Jusqu'à mes quinze ans, je travaillais sur un navire marchand, en mer de Lentt...

— Hum ! Ce n'était pas plutôt un navire pirate ?

Isht Van sourit à Linda sans relever.

— Je me souviens qu'on avait croisé un navire étrange. Sa coque était blanche, et elle avait une forme que je n'avais jamais vue. Il était beau, et plus rapide que tous les navires que je connais. Il devait appartenir à un roi ou à un prince. Mais quand on a voulu l'aborder, il a filé vers l'horizon, et on ne l'a jamais revu.

Le mercenaire s'aperçut qu'il venait de se trahir, et il tira la langue d'un air comique.

— Au moment où on croisait ce navire, je me souviens avoir lu un mot sur sa coque : « Randoch ».

— Le nom du bateau ? s'écria Rémus.

— Peut-être. Je me souviens d'une autre chose : la figure

de proue représentait une femme, très belle, avec des ailes, un peu comme une harpie... Dis-moi, Tête de chat, c'était quoi, ce mot qui ressemble à un nom de femme ?

— « Aurra ».

— Hum...

Isht Van se tut, et chacun se plongea dans ses pensées. Ils reprirent leur route.

— Peut-être que Guin était le roi de ce « Randoch » ? Il y a eu une révolution, et ses ennemis lui ont jeté un sort...

— Tu as une sacrée imagination, gamine, mais ça ne nous avance pas beaucoup !

Vexée, Linda se tut. Rémus jeta un regard glacial au mercenaire, qui ne s'en émut pas outre mesure.

— Mais c'est tout de même étrange. Pendant cinq ans, j'avais totalement oublié ce navire. Et il a suffi d'un mot du fauve pour que tout me revienne en mémoire.

Absorbés par le récit du Valakien, ils n'avaient pas accordé d'attention à l'aube naissante. Le soleil poignait à peine à l'horizon, mais il promettait déjà de transformer la plaine aride en fournaise.

Ils décidèrent de ne s'accorder qu'un *zan* de repos. Ils avaient faim, et la fatigue pesait sur leurs épaules. Ils tentèrent de mâcher des mousses bleuâtres ramassées par Suni, sans réussir à calmer leurs estomacs vides.

Ils instaurèrent des tours de garde. Considérant la blessure de Guin, Isht Van se proposa de veiller le premier, pendant que ses compagnons dormiraient. Tout en ajoutant des lichens sur leur feu, il repensait à l'attaque du idoh. « *Je ne m'attendais vraiment pas à un truc de ce genre ! Si l'autre Tête de chat n'avait pas été là, je me serais sans doute coupé la jambe. Tu parles d'un sorcier ! C'est sûr, ce Guin est impressionnant. Un grand guerrier et un homme étonnant. Un adversaire digne de Ruah en personne ! Par le bouc blanc de Mos, mieux vaut être son ami que son ennemi ! Quant aux jumeaux…* » Tout en réfléchissant, il sortit un dernier fruit, dissimulé dans ses larges bottes, et le croqua en marmonnant.

Le soleil s'élevait lentement au-dessus de l'horizon. Soudain, Isht Van bondit sur ses pieds.

— Qu'est-ce que… J'ai senti du… danger !

Il recracha le reste de son fruit. Les poils s'étaient dressés le long de son échine.

— L'ennemi est proche. Mais comment… Là !

En haut d'un amas de rochers, le soleil venait de faire briller quelque chose. C'était l'armure blanche et les cheveux d'or d'Amnélys. Elle venait de repérer leur feu de camp.

Isht Van se tourna pour réveiller ses compagnons, puis se figea. Il se passa pensivement la langue sur les lèvres, et prit une décision. Il rassembla ses affaires et remit son sabre à sa ceinture. Les jumeaux avaient abandonné leurs grands airs pour le pays des rêves. Même Guin, affaibli par sa blessure, dormait profondément.

Isht Van repassa sa langue sur ses lèvres sèches. Gardant un œil sur le groupe endormi, il gagna prudemment le couvert des rochers.

Soudain, une petite main sortit de nulle part et l'attrapa au passage.

— Eh !

Isht Van étouffa un cri.

— Ah, c'est la guenon ! Tais-toi, idiote. Pourquoi tu te

fâches ? Ils nous poursuivent, et j'ai un plan ! Ah ! Fiche-moi la paix !

Le mercenaire ceintura la Sem et la bâillonna d'une main. Il commença à courir vers l'est, Suni sous un bras.

À l'ouest, près du fleuve, un nuage de poussière apparut au-dessus du désert. Le nuage se rapprocha, et l'on commença à apercevoir les silhouettes des cavaliers, à peine plus gros que des grains de sable. Puis les grains de sable grossirent, devinrent des cailloux, puis des rochers, jusqu'à ce que l'on puisse clairement distinguer les quatre cent cinquante chevaliers rouges et les soixante chevaliers blancs. Guin se réveilla en sursaut. À la vue du groupe de cavaliers qui approchait, arbalète à la main, Guin rugit et bondit sur ses pieds.

— Qu'est-ce que…

Guin considéra un instant les jumeaux, qui tentaient de chasser le sommeil en se frottant les yeux. Il pourrait les empoigner et s'enfuir en courant. Mais ils étaient déjà largement à portée de tir, et les chevaliers étaient bien trop nombreux. Le guerrier poussa un grognement de frustration et se tint tranquille.

— Le mercenaire a disparu. Suni aussi, se contenta-t-il de remarquer.

— Il nous a trahis !

Comme pour calmer la douleur qu'il entendait dans le cri des jumeaux, il les attira contre lui. Le sable commençait à danser autour d'eux.

Les cinq cents cavaliers armés les encerclèrent. Une voix dure leur donna l'ordre de lâcher leurs armes, et Guin obéit.

Ils étaient à nouveau prisonniers de Gohra.

Troisième partie

LE PAVILLON DU GÉNÉRAL

1

Le soleil était désormais au zénith. Implacable, il dardait sur Nociphère ses rayons d'un blanc aveuglant, comme pour réduire en cendres le moindre être vivant.

À l'ombre d'une formation rocheuse torturée, une tente de cuir abritait le quartier général provisoire d'Amnélys. Deux pages gardaient l'entrée du pavillon, au-dessus duquel flottaient le lion noir de Gohra et le scorpion doré mongaul. Les cinq cents cavaliers qui avaient traversé le Kes à la suite d'Amnélys se reposaient à présent autour de sa tente, répartis en cercles concentriques bien ordonnés. Ils avaient soigné leurs chevaux, et ils attendaient calmement le signe du départ.

Guin, Linda et Rémus étaient assis devant la tente, sous la garde vigilante de plusieurs soldats. Le soleil leur brûlait la peau, et Guin souffrait particulièrement de sa blessure à la poitrine.

Ils n'avaient pas été entravés, mais Linda estimait qu'on ne les traitait pas correctement, et elle avait vigoureusement exposé sa vision de la situation à qui voulait l'entendre – sans résultat. Le général avait décidé d'interroger ses prisonniers sur place, il fallait attendre.

— Vous pourriez au moins nous donner à boire ! Pendant combien de temps comptez-vous nous laisser ainsi ? C'est ça, l'éthique des chevaliers mongauls ?

La blessure de Guin, la trahison d'Isht Van et l'inquiétante disparition de Suni, voilà plus que la jeune fille ne pouvait supporter. Ses nerfs étaient sur le point de lâcher, et elle tournait sa colère contre ses geôliers impassibles.

— Que Yarn soit mille fois maudit pour avoir donné la victoire aux Mongauls !

Linda venait d'entamer une nouvelle tirade lorsqu'un ordre bref jaillit de la tente :

— Amenez les prisonniers !

Les captifs relevèrent la tête. On les poussa sans ménagement. Le soulagement d'échapper enfin à la morsure du soleil prit le pas sur l'humiliation, et ils ne résistèrent pas. Chancelants, ils entrèrent dans la fraîcheur de la tente.

Pendant quelques instants, ils ne virent rien. Leurs yeux s'étaient habitués aux rayons ardents du soleil, et l'obscurité qui régnait sous les tentures de cuir les désorienta. Linda trébucha, et Rémus dut la soutenir.

— C'est tout ?

La voix, claire et froide, était habituée au commandement.

— Vlon ! Lint !

— Général ?

— Il y avait deux passagers de plus sur ce radeau. Envoyez un peloton fouiller les environs !

— À vos ordres !

— Quoique... Nous avons déjà les personnes les plus intéressantes... Que le peloton cherche leurs compagnons, mais qu'il ne s'éloigne pas trop. Il est inutile de prendre trop de risques.

— C'est compris, général.

Les prisonniers relevèrent la tête. Leurs yeux s'étant accoutumés à la pénombre, ils regardèrent autour d'eux.

La première chose qu'ils virent fut un long manteau blanc, au-dessus d'une paire de jambières et de bottes de cuir ivoire. Les bottes, aux revers décorés d'argent, avaient l'air confortables et légères. Elles étaient ajustées sur les jambes de leur propriétaire – des jambes fines et délicates – comme des fourreaux sur une paire de sabres.

Au-dessus des jambes, l'armure blanche s'ornait du blason mongaul, rehaussé de pierres et d'argent. Les plaques de poitrine s'ajustaient parfaitement à un torse mince et harmonieux. Nul doute que sous cette armure se dissimulait un corps dont la finesse et la grâce attiraient tous les regards.

Des gantelets de mailles blanches recouvraient les mains posées sur les hanches. De la pointe des pieds à la base du cou, l'armure et le lourd manteau ne laissaient pas un morceau de peau à l'air libre. Mais au-dessus du col...

— Ooh...

Le murmure de surprise de Rémus n'échappa pas à Linda.

Au-dessus de l'armure, l'albâtre et l'or resplendissaient dans les ombres de la tente. Le général avait repoussé son heaume et le capuchon de son manteau, et ses cheveux cascadaient librement sur ses épaules, encadrant son visage pâle et rayonnant. Un simple bandeau d'argent serti d'un diamant ornait son front, soulignant la délicatesse de ses traits. Comme le chef-d'œuvre d'un artiste de génie, sa présence flamboyait.

Rémus la regardait, l'air ahuri. La tête de fauve de Guin ne laissait voir aucune émotion, mais Linda crut bien distinguer un éclat particulier dans ses yeux jaunes, quelque chose ressemblant étrangement à de l'admiration.

La fière princesse de Paroh se raidit. Elle prit douloureusement conscience de son apparence. Elle n'avait pas pris un vrai bain depuis la chute de Paroh. Elle portait des vêtements de garçon, dont le cuir déchiré était couvert de poussière. Ses cheveux platine, ébouriffés et emmêlés, avaient oublié ce qu'était un peigne, et ses membres, si maigres qu'ils lui donnaient l'air d'un garçon, étaient couverts de bleus, de griffures et de crasse.

Le général leva une main gantée de blanc et repoussa en arrière sa magnifique chevelure. Elle ressemblait aux images d'Irana, si belle et majestueuse. Les prisonniers étaient tellement impressionnés par cette incarnation de la déesse guerrière qu'ils ne remarquaient même pas les deux chevaliers qui se tenaient à ses côtés.

— Alors c'est vous, les jumeaux de Paroh? demanda le général, d'une belle voix d'alto.

Comme Linda ne répondait pas, Rémus prit timidement la parole :

— O… oui, madame. Et vous êtes?

« Madame »?? Rémus! Si tu parles au chef de nos ennemis, utilise au moins son titre! pensa Linda avec agacement.

— Je suis Amnélys de Mongaul, représentante de l'archiduc Vlad, général de Dextre et commandant des chevaliers blancs.

Un frisson glacé parcourut le corps de Linda. *« Commandant des chevaliers blancs ? C'est elle qui menait ceux qui ont détruit notre belle cité, massacré nos parents, et qui nous ont chassés de Paroh !* » Elle ferma les yeux. Derrière ses paupières closes, les flammes dévoraient la Cité de cristal. Elle revoyait les chevaliers noirs jaillir des rues en feu, et derrière eux, comme des spectres, ces cavaliers vêtus de blanc massacrant les vaillants soldats de Paroh.

— Et que nous veut dame Amnélys ?

Rémus était pétrifié par la beauté du général, mais il tentait de faire bonne figure.

Amnélys étudiait les trois captifs avec la plus grande attention. Devant elle se tenait un groupe incroyable, comme tout droit surgi d'une légende. Dans leurs vieux vêtements déchirés, les jumeaux semblaient totalement démunis. Ils se tenaient par la main, comme pour se rassurer. Et pourtant, les yeux de ces enfants brillaient comme des étoiles. Quant à leur étrange garde du corps...

Saisie par l'étonnement, Amnélys écarquilla ses yeux émeraude et se pencha en avant. Elle parvint à garder son proverbial sang-froid, mais ne put dissimuler son intérêt. Agrippant les accoudoirs de son siège, elle laissa échapper un murmure :

— Voilà qui n'est pas...

Elle n'avait jamais vu un être comme Guin. Bien sûr, la tête de fauve du guerrier était unique, et la vue de son corps musclé – un corps que n'importe quel combattant rêvait de posséder – coupa le souffle du général. Mais ce qui attira le plus l'attention d'Amnélys, ce furent les yeux jaunes de fauve qui brillaient dans ce masque inexpressif. Il y avait quelque chose, dans ce regard profond et mystérieux, qui fit battre plus vite le cœur d'Amnélys et la mit mal à l'aise.

Un observateur moins perspicace n'aurait vu dans ces yeux que la violence brutale, l'instinct de mort du prédateur, l'étincelle meurtrière qui, depuis les temps anciens, pousse la bête à chasser l'homme, et l'homme à fuir la bête. Mais pour ceux aptes à saisir la vraie nature des choses, comme Amnélys ou Linda, les yeux de Guin recélaient une puissance mystérieuse, aussi inquiétante pour le général que réconfortante pour la princesse. Ce n'était pas de l'ambition, car il n'y avait nulle trace d'égoïsme dans ces yeux. Ils reflétaient une volonté de rébellion, une volonté consciente de bouleverser le monde.

Les yeux et le corps puissant de Guin irradiaient une énergie vitale et une noblesse solitaire qui le distinguaient du commun.

Mais Amnélys sentait confusément qu'il y avait plus en Guin, une chose qu'elle ne parvenait pas à définir, mais qui la fit frissonner, une chose qu'à défaut de mieux on pouvait nommer « destin ».

Guin lui apparaissait soudain comme l'incarnation d'un destin immense et violent, un destin puissant cristallisé dans cet être mi-fauve, mi-guerrier, un destin capable de tout changer.

Les mains délicates d'Amnélys étaient toujours contractées sur les accoudoirs de son siège, et la jeune femme tentait en vain de calmer les tremblements qui la parcouraient.

Le général déglutit à plusieurs reprises, sous le regard étonné des officiers présents – Lint et Vlon des chevaliers blancs, Melm et Kaïn des chevaliers rouges. Au lieu de commencer l'interrogatoire, Amnélys semblait impuissante, comme sous l'emprise d'un charme. Se rendant compte des regards qui pesaient sur elle, elle déglutit à nouveau.

— Vous...

La voix enrouée qui sortit de sa gorge n'avait rien de commun avec le bel alto avec lequel elle venait d'interroger les jumeaux.

— Qui es-tu?

— Moi?

Sans rien laisser voir de ses émotions, Guin soutint le regard émeraude.

— Guin.

— Guin?

— Oui.

— C'est... ton nom?

— Je crois.

— Comment ça, « je crois »?

Guin ne prit pas la peine de répondre, se contentant de secouer légèrement la tête, comme un lion endormi cherchant à chasser une mouche importune. Vlon intervint :

— Réponds à dame Amnélys!

D'un simple geste, celle-ci interrompit son subordonné zélé. Elle reprenait peu à peu ses esprits.

— Pourquoi as-tu cette apparence?

— Je l'ignore.

Amnélys insista :

— As-tu cette apparence depuis ta naissance, ou bien as-tu subi une malédiction?

— Je l'ignore. Quand j'ai repris conscience, j'étais comme ça. Je ne peux l'expliquer. J'existe, c'est tout ce que je sais.

— Où es-tu né?

— Je l'ignore.

— Espèce de...

Vlon s'emporta. Il fallait reprendre le contrôle de cet

interrogatoire. Il fit signe aux chevaliers qui encadraient les prisonniers.

— Si tu ne réponds pas de toi-même, nous t'y contraindrons. À la différence de ces pauvres pantins de Paroh, nous savons utiliser la force quand il le faut !

— Quand nous l'avons trouvé dans la forêt de Rood, il n'en savait pas plus ! hurla Linda. Comment pourrait-il vous donner les réponses qu'il ne possède pas ?

Amnélys toisa sévèrement Linda. De quel droit cette gamine intervenait-elle dans son interrogatoire ? Le poids de ce regard glacial réduisit la jeune fille au silence. Mais intérieurement, elle bouillonnait.

Délaissant Linda, Amnélys reporta son attention sur le guerrier.

— Est-il vrai que tu as perdu la mémoire ?

— J'ai tenté de me souvenir de quelque chose, mais rien ne me revient.

— Il existe des moyens de découvrir la vérité sur un homme, même si lui en ignore tout.

Amnélys se retourna vers le mage qui se tenait derrière elle, ombre parmi les ombres.

— Gaïus !

— Ma dame...

— Voyez ce que les astres nous disent de cet homme.

Linda s'inquiéta :

— Qu'allez-vous lui faire ?

Un simple regard d'Amnélys suffit à faire taire les protestations de la jeune fille. Le général n'avait que quelques années de plus qu'elle, et pourtant Linda se sentait démunie face à cette femme aussi belle que froide. La princesse sentait la haine embraser sa poitrine. Mais le général avait à nouveau tourné son attention vers Guin.

— Tout ce que tu dissimules va maintenant être révélé. Il est encore temps pour toi de parler.

Guin resta de marbre.

— Bien. Jusqu'à ce que Gaïus ait terminé, nous admettrons donc que tu as perdu la mémoire et que tu ignores tout de ton histoire. Mais alors, pourquoi t'allier aux jumeaux de Paroh ?

Guin gardait toujours le silence.

— Vas-tu parler ? Pourquoi te lier à des inconnus ? Mais ne sont-ils que des inconnus pour toi ? Réponds !

Amnélys haussait le ton, et l'exaspération déformait son beau visage. Elle se leva et arpenta la tente de long en large, frappant rageusement le sol de ses talons.

— Pourquoi t'allier aux héritiers de Paroh ?

— Réponds à dame Amnélys !

Les voix du général et de ses capitaines se mêlaient à présent. Guin pencha la tête et, à la surprise générale, se mit à rire. Amnélys tapa du pied.

— Qu'est-ce qui te fait rire ?!

— Toi, général mongaul.

Amnélys perdit alors toute contenance.

— Quoi ?! Comment ?!

— Belle dame, tu peux enfermer ton ravissant corps sous cette armure et te gargariser de tes titres devant tes poltrons de Gohrans, mais ne te ridiculise pas face à un vrai guerrier !

Rémus en resta sans voix. Linda releva la tête. Sous ses mèches emmêlées, ses yeux brillaient d'un nouvel éclat.

— Com... Comment...

Amnélys en bafouillait.

— Espèce de monstre, comment oses-tu parler ainsi à dame Amnélys !?

Ivres de rage, Vlon et Lint portèrent la main à leurs sabres.

Au dernier moment, Amnélys les arrêta d'un geste. La colère ne l'avait réduite qu'un instant au silence. Elle avait recouvré son calme habituel, et un sourire ironique apparut même sur son visage.

— Tu me provoques... As-tu un secret dont tu veux détourner mon attention, Guin ?

Son ton était redevenu glacial.

— Parfait. J'aurai tout mon temps pour te faire parler dans les geôles d'Arvon, sur le chevalet de torture s'il le faut. Pour le moment, dis-moi juste une chose : j'ai observé votre radeau du haut des falaises d'Arvon. Vous étiez alors cinq. Où sont les deux autres, un homme portant l'uniforme de Stafolos, et un Sem de Nociphère ? Que sont-ils devenus ?

— Je l'ignore.

À la réponse de Guin, Amnélys sentit l'irritation la gagner à nouveau. Dans un effort sur elle-même, elle ravala sa colère et se tourna vers le mage :

— Gaïus, en avez-vous fini ?

— À l'instant, ma dame.

Le mage sortit de l'ombre où il se tenait.

— J'ai vu cet homme dans le cristal.

— Vos conclusions ?

— Eh bien...

— Qu'y a-t-il ? Parlez !

Une grimace d'inquiétude déforma le visage parcheminé du vieil homme. Il posa ses mains desséchées sur la boule de cristal, et les retira aussitôt, comme s'il s'était brûlé.

— J'ai posé le cristal sur la table de divination, j'ai prononcé les formules adéquates, et...

Le mage regarda Amnélys. Il était visiblement mal à l'aise. Devant le mutisme du général, il se résolut à continuer.

— Une seule image s'est formée : celle d'un énorme léopard.

— Un léopard ?

Amnélys haussa les sourcils.

— Qu'est-ce que cela veut dire ? Cessez vos devinettes et parlez clairement, ou vous serez puni !

Un instant, le mage hésita à répondre.

— Veuillez me pardonner, ma dame, mais un léopard reste un léopard. L'âme de cet homme a la forme d'un énorme léopard. Pour le reste... C'est étrangement vide. Un immense blanc... Plutôt que de dire qu'il a perdu la mémoire, il serait plus juste de dire qu'il n'en a jamais eu ! Voyez-vous, tous les hommes possèdent inconsciemment la mémoire de leurs ancêtres. Et pourtant, je verrais plus de choses chez un nouveau-né que je n'en vois chez cet homme ! Le cristal peut percer à jour n'importe quel masque, mais il échoue à révéler la nature de cet être. C'est...

Amnélys restait silencieuse face à l'embarras du vieil homme.

— C'est la première fois que je suis confronté à une créature aussi indéchiffrable...

— Idiot ! cracha-t-elle.

Haussant ses sourcils fins, elle congédia le mage d'un geste de la main.

— Disposez.

Puis, d'un ton que l'irritation rendait cassant, elle reprit, en partie pour elle-même :

— Soit ! Mettons que cet homme soit un léopard lâché par une main mystérieuse sur les Terres Intérieures. D'où vient-il ? Cela dépasse les connaissances humaines. Avons-nous ici le produit de l'abjecte magie de Nociphère ? Si Doal, maître de Nociphère, veut nous provoquer, la réponse est simple. Vlon, Lint !

— Général ?

— Préparez le départ. Nous repartirons vers Arvon dès que l'équipe de recherche sera de retour. Envoyez un messager pour préparer notre arrivée. Quant à ceux-là...

Un éclat de plaisir cruel éclaira son regard glacial alors qu'elle considérait ses prisonniers réfractaires. Elle sourit.

— Inutile de leur donner des montures. Ligotez-les et attachez-les derrière les chevaux. Si cet homme est vraiment un fauve, c'est le traitement approprié !

— À vos ordres !

Lint hésita, jetant un regard fugace aux jumeaux. Guin le devança.

— Ce que vous faites de moi m'est égal, mais donnez des montures aux enfants. Ils peuvent même aller tous les deux sur un seul cheval. Ils sont épuisés, et ce sont les derniers de la lignée d'Aldross. Leur accorder un minimum d'attention ne saurait nuire à l'honneur de Gohra.

— Général...

Amnélys interrompit Lint.

— Suffit ! Lint, m'obligerez-vous à répéter mes ordres ?

— Non, ma dame.

— « Ma dame » ? intervint Guin. Une « dame » accorderait au moins de l'eau et de la nourriture à ces enfants. Ils sont au bord du malaise !

Avant que le guerrier ne puisse poursuivre, il sentit une

petite main fraîche se poser sur son bras. Il tourna ses yeux jaunes vers Linda.

— Moi, Linda, princesse et Oracle de Paroh, je vous le déclare : vos efforts sont ici inutiles.

Tous se turent, contemplant avec étonnement la frêle jeune fille qui avait été traînée là comme une esclave. Un sentiment étrange leur oppressait la poitrine.

Linda ne se sentait plus impressionnée par la femme superbe qui se tenait devant elle. Malgré l'extrême fatigue qui pesait sur ses épaules, elle se tenait très droite, et soutenait sans ciller le regard du général.

La colère, la fierté indomptable et la dignité inhérentes à son rang avaient attisé dans ses veines le feu qui couvait en elle depuis sa naissance. Ses yeux brillaient du même feu qui anime les étoiles.

Linda se mordit les lèvres, et le sang lui monta aux joues. Puis un sourire apparut sur son beau visage, un sourire fier et pur, un sourire que rien ne pouvait souiller.

« Oui, je suis la princesse Linda, Oracle de Paroh, Joyau du Palais de cristal, et seule fille du roi Aldross III. Ma lignée est noble et ancienne. Ces Mongauls ne sont que les descendants des valets de ma famille. Sois fière, princesse, et relève la tête. Tu représentes Paroh ! »

Linda sentit s'évanouir la peur, la frustration, et la honte d'avoir été capturée. Seules restaient les flammes glacées de sa colère, inextinguibles et aveuglantes. Elle-même ne s'en rendait pas compte, mais elle n'était plus cette enfant crottée et chancelante que l'on avait poussée sous la tente. La splendeur d'Amnélys rayonnait comme un soleil, mais la frêle silhouette de Linda avait l'éclat opalescent de la lune, et tous les hommes présents, y compris Guin, étaient saisis par la beauté de la jeune fille.

Amnélys avait également perçu ce changement. Dans ses yeux verts brûlaient des flammes plus froides que la glace, et elle pinçait les lèvres d'un air sévère. Dans le silence de la tente, on pouvait presque entendre crépiter la colère du général – un mélange de méfiance et d'irritation, et la volonté de mater l'arrogante princesse qui venait de défier son autorité.

Amnélys dévisageait Linda, et celle-ci lui rendait son regard sans la moindre trace de faiblesse. La princesse faisait face à l'ennemi qui avait tué ses parents, l'ennemi qui l'avait forcée à fuir son royaume. Jamais elle ne lui pardonnerait.

La colère froide des yeux verts et la rage flamboyante des yeux violets s'affrontaient dans la pénombre. Dans ce regard, la princesse de Paroh et le général mongaul se reconnaissaient pour la première fois comme ennemis jurés. C'était l'affrontement de deux déesses, la meurtrière et l'orpheline, la geôlière et la captive. Mais il y avait plus entre elles, même si elles ne le réalisaient pas vraiment : la haine et la rivalité de deux femmes, aussi belles que différentes, chacune voyant dans la beauté de l'autre un défi à sa propre perfection.

Amnélys regardait sa prisonnière avec mépris. Le regard que celle-ci lui retournait était chargé de haine. Amnélys sourit.

Alors que la tension était à son comble, le rabat de la tente se souleva, et un chevalier portant le plumet rouge de capitaine annonça :

— Général, le peloton vient de revenir. Nous n'avons malheureusement pas pu localiser les…

— Ce n'est pas grave, l'interrompit Amnélys.

Elle frappa dans ses mains gantées, repoussa une mèche de cheveux dorés et s'écria :

— Donnez l'ordre du départ !

Les chevaliers qui se tenaient derrière elle, le mage et les pages sautèrent tous sur leurs pieds. Amnélys s'apprêtait à sortir sans accorder un mot de plus à ses captifs. Elle avait ostensiblement ignoré Guin, comme par crainte de ce qui pouvait se passer si elle reconnaissait à quel point le guerrier l'intéressait, mais elle s'arrêta devant Linda. Elle jeta un regard froid à la princesse, jouant avec ses longs cheveux dorés comme pour narguer la jeune fille.

À dix-huit ans, Amnélys était sur le point d'atteindre la plénitude de sa beauté. Là où son corps n'était pas moulé dans son armure, sa peau laiteuse brillait d'un éclat digne de l'albâtre et de la rose, comme si elle abritait une lumière intérieure. Elle était consciente de sa force, de sa grâce, et de l'effet qu'elle produisait sur les autres. Son assurance était palpable.

Linda releva le menton dans une attitude de défi. Elle n'était pas petite pour ses quatorze ans, mais Amnélys mesurait bien une tête de plus qu'elle. La rage flamboyait dans les yeux violets de la princesse.

— Elle est bien courte sur pattes, cette gamine ! jeta Amnélys avec un claquement de langue méprisant.

Puis elle quitta la tente sans se retourner, les chevaliers sur ses talons.

Linda se mordait les lèvres si fort qu'elle en saignait. Mais elle n'en avait pas conscience, pas plus que du regard inquiet que lui jetait son frère. Elle venait de vouer le reste de ses jours à la haine du général mongaul.

2

Les chevaliers étaient prêts à prendre le chemin du retour, vers les berges du Kes et la forteresse d'Arvon. Ils avaient attaché les poignets de leurs captifs avec des liens de cuir fixés à la selle de leurs chevaux. Les prisonniers avanceraient à pied entre les deux pelotons des chevaliers blancs, eux-mêmes encadrés par les chevaliers rouges.

— Linda... Linda, mes poignets me font mal! gémit Rémus.

Son visage enfantin semblait sur le point de céder aux larmes. Quand on les avait attachés, Linda n'avait pas opposé de résistance. Elle avait même devancé ses geôliers, présentant ses bras délicats devant elle. D'une voix basse et sèche, elle reprit son frère :

— Rémus! Le roi, notre père, a été tué par ces hommes, ne l'oublie jamais! N'oublie pas non plus l'arrogance d'Amnélys, et la manière dont elle aura traité les héritiers de Paroh. S'il nous est donné la chance de vivre et de faire renaître le royaume de notre père, ton premier devoir en tant que roi sera de bannir de la surface de la Terre ces maudits Mongauls – non, d'éliminer tous les Gohrans !

Rémus regarda sa sœur, les yeux agrandis par la peur.

— « La chance de vivre »... Tu crois qu'ils vont nous tuer ?

Linda ne chercha pas à le rassurer.

— Si j'étais à la place du général mongaul, c'est sans doute ce que je ferais. Mais nous mourrons ensemble. Et je t'en prie, Rémus, n'oublie pas que tu es l'héritier de Paroh. Sois fier jusqu'au bout, et meurs la tête haute. Fais-le pour moi !

Rémus secoua la tête. Ses yeux tendres s'emplirent de larmes, causées autant par la douleur qui lui vrillait les poignets que par le discours de sa sœur. Il savait que Linda allait encore le tancer, mais il ne put retenir un gémissement :

— Mais je ne veux pas mourir !

La réaction de Linda fut prompte. D'un ton sévère, elle commença à répliquer :

— Rémus, tu...

Mais un rire, sourd comme un grognement, interrompit sa tirade. À la gauche de Rémus, Guin était attaché à grand renfort de cordes.

— Princesse, tout le monde n'est pas né avec ta noblesse, ta droiture et ta bravoure. Ne blâme pas celui qui n'a pas ta force d'âme, même s'il a ton visage. Car si tu es née si forte, tu n'y es pour rien ! Quant à toi, prince Rémus, tu as le courage d'avouer ta peur, malgré ton rang et ton titre. Combien de rois peuvent prétendre à la même honnêteté ?

— Tu te moques de moi, n'est-ce pas ? demanda Rémus d'une voix misérable.

Guin secoua la tête.

— Non, mon garçon, je pense que tu peux être fier de ce que tu es.

Un ordre bref fut répercuté depuis l'avant du convoi : « En avant ! »

Cinq cents cavaliers mirent leurs montures au pas. Violemment tirés en avant par les cordes qui leur liaient les poignets, les trois prisonniers durent faire un effort pour suivre le mouvement.

Le soleil au zénith dardait ses rayons impitoyables sur Nociphère ; il entamait à peine sa descente vers l'ouest.

— Guin ! haleta Linda.

— Quoi ? Évite de parler, cela ne ferait que te fatiguer davantage.

— Guin, où crois-tu qu'il soit, Ish...

— Tais-toi, l'interrompit Guin.

Devant eux, un chevalier se retourna :

— Qu'est-ce qu'il y a ? Discutez tant que vous le pouvez ! D'ici un demi-*zan* tout au plus, ces gosses seront trop épuisés pour parler, et les chevaux devront les traîner pour les faire avancer !

— Démons de Gohra ! cracha Linda d'une voix éraillée.

Maintenant, même la princesse devait retenir ses larmes.

Guin attendit, la tête baissée, que le chevalier se lasse et reporte son attention vers l'avant du convoi. Puis il reprit la parole, en prenant garde à ce que le bruit des sabots des chevaux sur les pierres du désert couvre le son de sa voix :

— Ne prononce pas son nom. Il est peut-être notre dernière chance.

— Lui ?! Il doit dormir sur ses deux oreilles et faire de beaux rêves de trahison...

— En es-tu sûre ? Et même si c'est le cas, peut-on le lui reprocher ? C'est un mercenaire, et nous ne l'avons pas engagé. Quoi qu'il en soit, nous devons nous en remettre à Yarn et à son enfant difforme, l'espoir.

Justement, pendant ce temps-là, Isht Van ne dormait pas vraiment sur ses deux oreilles. Il ne se sentait pas particulièrement responsable de ses trois compagnons de fortune, ni lié à eux par une quelconque loyauté. Non, le Mercenaire rouge ne se laissait pas aveugler par l'honneur ou les sentiments aussi facilement qu'il l'était par l'appât du gain.

Pourtant, il ne parvenait pas à se réjouir d'avoir échappé aux cavaliers mongauls. Il était en plein Nocipère, à la merci de Doal savait quelles créatures. Avec un guerrier de la trempe de Guin à ses côtés, il aurait peut-être pu espérer s'en sortir. Mais il était seul, à pied, avec son sabre pour toute arme. Le Valakien était un très bon combattant, mais il aurait de la chance s'il survivait deux jours dans ce désert, et il en était douloureusement conscient.

Sans compter que, comme la plupart des habitants des Terres Intérieures, il ne connaissait rien de Nocipère. À la seule évocation du idoh qui l'avait attaqué, ou des magnos terrestres, ces cousins des monstres qui infectaient le Kes, le mercenaire avait la chair de poule. En pensant au Kes, il se rappela qu'il n'avait de toute façon plus de radeau pour retourner en territoire gohran. « *Par les innombrables oreilles de Yarn, me voilà dans de beaux draps !* »

Le matin même, quand il avait vu le nuage de poussière qui annonçait l'arrivée des chevaliers gohrans, il avait sans remords abandonné son tour de garde pour s'échapper. Le seul problème avait été la petite Sem, qu'il avait dû emmener avec lui pour couvrir sa fuite. Isht Van avait vraiment un don pour se sortir des situations les plus désespérées. Tout bien considéré, cette capacité était largement aussi précieuse que l'incroyable force de Guin. Isht Van possédait une intuition presque surnaturelle. Un peu plus tôt, par exemple... Le mercenaire pensait qu'après avoir capturé Guin et les jumeaux, les Mongauls chercheraient à les localiser, lui et Suni. Il avait donc entraîné la petite Sem, qui pépiait furieusement, à l'abri des rochers. Puis au lieu de s'enfoncer vers l'est, comme ses poursuivants devaient s'y attendre, il avait contourné le groupe de cavaliers et s'était caché en haut d'un promontoire rocheux. De là, il avait vu un peloton partir vers l'est, probablement à sa recherche. Se sachant provisoirement à l'abri, il avait pris le temps de se détendre et d'observer.

En contrebas du promontoire, les cavaliers avaient monté une tente avant de se reposer à l'ombre de leurs chevaux. En les regardant, Isht Van avait laissé échapper un gloussement.

— Hé, petite guenon ! Je sais bien que tu ne comprends rien à ce que je dis, mais je vais t'apprendre un truc. Le secret, quand on veut disparaître, c'est de s'approcher le plus possible de ses poursuivants, et de leur coller aux talons. Tu vois, comme nous l'a enseigné Doal, maître de la duperie, la meilleure tactique de fuite, c'est de poursuivre ses poursuivants ! Enfin, pour ce que tu piges... En résumé, on peut rester ici et se dorer tranquillement au soleil.

Fier de sa conclusion, il avait entrepris de la mettre en application, et s'était confortablement rallongé. Mais au bout de quelques instants, il s'était redressé en soupirant.

— Et merde ! C'est quoi, cette chaleur de dingue ? On va se liquéfier en un demi-*zan*, comme dans la légende de Laala, l'esprit du givre, qui a bêtement fondu sous le disque incandescent de Ruah. Et en plus j'ai faim... ! Hum ? Quoi ? Qu'est-ce que tu racontes ?

Avec une grimace, le mercenaire s'était penché vers la petite Sem qui avait recommencé à gazouiller avec conviction. Elle le tirait par la main avec tous les signes d'un énervement grandissant.

N'ayant rien de mieux à faire, Isht Van avait obéi aux gestes de la Sem, et s'était penché par-dessus le rebord rocheux pour regarder vers le campement en contrebas.

Devant la tente qui abritait sans aucun doute le commandant de l'expédition, on distinguait Guin et les jumeaux de Paroh, pas plus grands que des petits pois sous le soleil de plomb.

Le Valakien ne comprenait pas un mot de ce que disait la Sem, mais il lui avait suffi de la regarder gesticuler pour saisir le sens de sa pensée. Elle frappait frénétiquement ses petits pieds poilus sur le sol et désignait sans cesse le camp. Elle voulait clairement quelque chose du Valakien, et avait à plusieurs reprises tiré sur le sabre qu'il avait à la ceinture.

Les yeux noisette de Suni brillaient d'un éclat féroce. Elle exigeait qu'Isht Van sauve Linda et ses compagnons.

— *Aruula, iminitt, gurah !*

Quelque chose, dans le ton et l'expression de la petite Sem, disait au mercenaire que ces derniers mots pouvaient se traduire par « immonde couard abruti ».

— Idiote ! Si tu ne te tais pas tout de suite, je te fais griller et je mange du singe à midi !

Et, pour se faire mieux comprendre, il avait mis son index contre ses lèvres, dans un signe universellement utilisé pour réclamer le silence. Suni avait peut-être compris le geste, mais elle n'avait pas fait mine d'obtempérer. Au contraire, elle avait tiré de plus belle sur le fourreau du sabre, fixant le déserteur de ses yeux accusateurs.

— Lâche-moi ! Ne me touche pas avec tes sales pattes de singe ! Et qu'est-ce que tu veux ? Eux ? Laisse tomber ! Ce Guin peut se sortir de n'importe quel guêpier tout seul. Laisse-les se débrouiller, et pense plutôt à toi. C'est comme ça qu'on survit ici, non ? Oh, et puis la ferme, tu me fatigues !

Un éclair d'exaspération était passé dans les yeux d'obsidienne du mercenaire. Il avait porté la main à son sabre, comme pour couper en deux la bruyante Sem. Celle-ci avait bondi en arrière en poussant un cri d'effroi.

Suni s'était retirée hors de portée du sabre, surveillant avec attention le moindre mouvement du mercenaire. Devant les yeux affolés de la petite Sem, le mercenaire irascible n'avait pu retenir un éclat de rire.

— Ta petite tête de guenon a enfin compris que je ne plaisantais pas. Vas-y, tu peux avoir peur !

Ses rires avaient redoublé devant la mine courroucée de Suni. Par moments, il se comportait plus comme un sale garnement que comme un homme de vingt ans, et cela lui avait déjà valu de se mettre bien des gens à dos. Il ne s'en souciait guère.

Mais Suni n'avait pas l'intention d'en rester là. Linda lui avait sauvé la vie, et en échange, la Sem lui avait offert son âme. Elle se souciait du sort de la princesse plus que quiconque – peut-être même plus que Linda elle-même.

Suni avait jeté un regard méfiant au mercenaire hilare. Peut-être avait-elle compris qu'elle ne pouvait pas compter sur lui, toujours est-il qu'elle n'avait plus essayé de saisir son sabre, pas plus qu'elle n'avait tenté de s'en approcher. Elle s'était assise, et s'était plongée dans d'intenses réflexions.

Puis elle avait soudain bondi sur ses pieds avec la vitesse d'un animal sauvage.

Avant qu'Isht Van n'ait pu réagir, elle dévalait la pente rocheuse avec toute l'agilité qu'une vie dans ce désert avait donnée à ceux de son peuple.

— Eh, la guenon!

Elle était déjà à mi-pente quand le mercenaire stupéfait s'était relevé à son tour.

— Oh, le singe! Attends, où tu vas?

Se lançant à sa poursuite, Isht Van avait essayé de la rattraper, mais Suni était plus rapide que lui. Elle avait jeté un dernier regard noisette en arrière, puis était repartie sans se retourner.

Avec un soupir, Isht Van avait regardé la petite silhouette poilue s'éloigner le long de la pente opposée au campement gohran. Il s'était laissé retomber sur le sol, suivant un instant des yeux la forme bondissante. Puis il avait craché par terre :

— Qu'est-ce que c'était que ce numéro de singe?

Soudain en colère, il avait bondi sur ses pieds, et crié dans la direction où la Sem avait disparu.

— Et ça voulait dire quoi, ce regard, hein? Par les trois tours et demi de la queue de Yarn, qu'est-ce que je t'ai fait pour mériter ça?

Grimaçant, le jeune mercenaire avait contemplé un moment le bas de la pente. Après une longue hésitation, il en avait conclu que tout cela n'était pas son problème, et s'était à nouveau assis – avant de sauter une nouvelle fois sur ses pieds, et de commencer à argumenter à mi-voix.

« *Ils se sont fourrés là-dedans tout seuls. La Tête de chat est bien capable de s'en sortir par lui-même. Moi, par contre… Si j'avais su que je me retrouverais ici, à me cacher dans ce désert... J'aurais peut-être mieux fait de livrer les jumeaux à Gohra. On aurait pu passer un accord, peut-être que j'aurais obtenu une place chez les chevaliers. Et puis j'aurais vraiment voulu savoir comment les choses vont évoluer entre les trois duchés de Gohra, maintenant que Paroh est tombé. »*

Il avait poussé un long soupir.

« Ce qui est fait est fait! Reste à savoir ce que je vais faire maintenant. *J'ai beau être « le Sorcier », je suis sûr que je ne peux pas traverser Nociphère seul et à pied. Quant à me coltiner cinq cents des meilleurs chevaliers de Gohra... Sans compter que ces trois-là ne m'ont même pas engagé! Je ne leur dois... Qu'est-ce que... ? »*

Le mercenaire avait alors interrompu son monologue pour observer ce qui se passait à ses pieds. Il avait froncé les sourcils et abrité ses yeux des rayons aveuglants du soleil. En bas, les Mongauls s'agitaient. Le signal du départ avait sans doute été donné. Les chevaliers rassemblaient leurs affaires et se préparaient à remonter en selle. Ils reformaient rapidement leurs rangs, sous le regard vigilant des officiers qui allaient et venaient parmi leurs hommes.

Avec mille précautions, le mercenaire avait rampé jusqu'à un endroit lui permettant d'observer tout en restant invisible. À l'est, un petit nuage de poussière se rapprochait, et le Valakien put bientôt identifier le détachement qui était parti à sa recherche un peu plus tôt. Le groupe rejoignait le gros des troupes. Vue d'en haut, la formation ressemblait à une fleur aux pétales rouges et au cœur blanc. À l'avant de chaque unité, un tambour avait donné le signal du départ. Les rochers de Nociphère en avaient renvoyé un écho sinistre.

Enfin, un groupe avait émergé de la tente. De là où il était,

Isht Van avait immédiatement reconnu la haute silhouette de Guin, et à ses côtés, les jumeaux, comme deux fleurs parmi les pierres du désert.

Des chevaliers les avaient poussés en avant et les avaient fait agenouiller. Puis ils leur avaient lié la taille et les poignets. Isht Van avait observé, impassible, les soldats qui attachaient leurs prisonniers derrière leurs chevaux.

Autre chose avait alors attiré son regard, près de la tente que l'on démontait : une haute silhouette montée sur un cheval blanc.

Le mercenaire était trop loin pour voir précisément le cavalier, mais une étrange impression l'avait saisi. Son visage s'était crispé, et ses yeux s'étaient perdus dans le vague. Lentement, il s'était redressé, et avait solennellement hoché la tête. Il avait pris une décision.

À cet instant, quelque part dans les rouages du destin, un engrenage avait cliqueté.

3

« Guin… »

Cinq cents cavaliers avançaient dans le silence de Nociphère.

À la tête du Troisième régiment des chevaliers rouges, le capitaine Melm, combattant célèbre dans les rangs gohrans, menait l'avant-garde. Le Deuxième régiment du capitaine Kaïn venait ensuite, scindé en deux colonnes de manière à encadrer les chevaliers blancs de Vlon et Lint. Derrière eux, les cent cinquante chevaliers du régiment du capitaine Astrias, fierté d'Arvon, formaient l'arrière-garde.

Escortée par les meilleurs hommes de Gohra, Amnélys resplendissait sous le soleil du désert.

Elle avait retiré son heaume, et l'éclat de son armure se mêlait à l'or de ses cheveux, rayonnant dans le soleil de l'après-midi. Même le « souffle de Doal », ce vent brûlant chargé de la poussière du désert, semblait s'écarter du chemin du général.

« Guin… Oh, Guin… » À l'arrière des fiers rangs gohrans,

les derniers représentants de la famille royale de Paroh titubaient, attachés comme des esclaves, les poignets à vif. Tirés par les chevaux, poussés par les cavaliers, ils avançaient comme des animaux menés au marché.

— Guin, je n'en peux plus...

La voix de Linda était cassée, presque méconnaissable.

— Courage, Linda...

D'une voix faible, Rémus tentait de soutenir sa sœur, mais ses propres jambes étaient sur le point de le trahir.

— Qu'est-ce qui vous arrive? Cela ne ressemble pas aux « Perles de Paroh », ces jérémiades!

Entendant la réprimande murmurée par Guin, Linda releva la tête et tourna vers lui ses beaux yeux voilés par l'épuisement. Impassible, il avançait à grandes enjambées, la tête haute, derrière le cheval qui tirait sur ses liens. Leurs regards se croisèrent, et Linda eut l'impression qu'une partie de l'énergie sauvage de Guin passait dans son propre corps, lui permettant de mettre encore un pied devant l'autre. Elle se retourna vers son frère.

— Rémus, souviens-toi de cette douleur et de cette humiliation. Un jour nous vengerons nos parents et nos propres souffrances. La malédiction de notre peuple s'abattra alors sur nos ennemis.

— Ne parle pas trop, l'avertit Guin.

Linda laissa échapper un petit rire éraillé.

— C'est un peu moins pénible en parlant. Oh, Guin, pourquoi fallait-il que tout cela arrive? Il me semble qu'hier encore nous coulions des jours paisibles dans le Palais de cristal. Pourquoi tout doit-il changer si vite?

Linda était forte et courageuse, mais ce n'était qu'une enfant de quatorze ans. Un gémissement, comme un sanglot étouffé, s'échappa de ses lèvres parcheminées. Cela faisait une journée entière qu'elle n'avait pas bu, et sa gorge était desséchée. Les larmes qu'elle avait retenues plus tôt s'étaient depuis longtemps évaporées par les pores de sa peau, et ses yeux étaient maintenant aussi secs que l'air de Nociphère.

— Nous ne savons pas ce que Yarn nous réserve, lui répondit Guin. J'ai perdu la mémoire, et je ne connais pas notre destin, mais ma présence ici doit obéir à un dessein qui nous dépasse.

— J'ai soif... gémit Rémus.

Un des chevaliers se retourna brièvement vers le garçon. Tous les membres de cette troupe d'élite n'étaient pas des monstres. Ils vouaient à Amnélys une fidélité sans bornes, mais nombre d'entre eux avaient du mal à voir ces enfants traînés dans le sable brûlant du désert.

Guin soupira.

— Ne parle pas d'eau, Rémus, tu te fais du mal.

— Mais je n'en peux plus.

— Tiens bon, l'encouragea à son tour Linda.

Elle se tourna vers Guin, comme pour distraire son frère.

— Dis-moi... Le sable et les rochers sont très chauds, et le soleil brûle, mais... Est-ce seulement la chaleur qui fait trembler mes jambes ?

— Je l'ai aussi remarqué depuis tout à l'heure. Tu ne sens pas quelque chose d'étrange dans l'atmosphère ? L'air de Nociphère est épais, trouble, et presque vivant. Il porte des masses gélatineuses qui me grattent la gorge quand je respire.

— Les Mongauls n'ont-ils rien remarqué ?

— Taisez-vous ! cria un chevalier qui les précédait.

Puis, baissant la voix, il ajouta :

— Vous vous fatiguez inutilement. Compris ?

L'homme avait parlé avec bienveillance, mais sa pitié fut comme un coup de poignard pour la fière princesse. Tous les muscles de son maigre corps contractés, elle passa la langue sur ses lèvres craquelées. Elle cherchait une réplique assassine, mais avant qu'elle ne la trouve, l'avant du convoi s'agita, et les rangs des chevaliers perdirent leur bel ordre.

— Un dévoreur !

— Dans le sable !

Les appels venaient de la tête de la troupe, suivis par le hennissement des chevaux affolés, les cris des cavaliers tentant de maîtriser leurs montures, et les ordres hurlés par les commandants d'unités.

Les dévoreurs étaient de proches cousins des magnos du fleuve. Ils en avaient l'apparence générale – d'immenses mâchoires plantées de dents pointues – mais ils évoluaient dans le sable, et étaient généralement de plus grande taille que les magnos.

L'un de ces monstres avait soudain jailli du sol pour attaquer un jeune chevalier de l'avant-garde de Melm.

La première morsure avait éventré le cheval et jeté son cavalier à terre. L'homme était tombé en hurlant dans le trou par lequel le monstre avait jailli. La bête avait avalé une moitié du cheval comme on gobe un *gati*, alors que le jeune homme se débattait afin de sortir du puits aux parois friables.

— Aaarrhhg !

L'homme poussa soudain un hurlement, avant de s'écrouler au fond du trou. Au moment où il allait enfin sortir de ce piège de sable, un tentacule blanchâtre avait surgi des profondeurs et l'avait brutalement attiré vers le bas.

— Au secours, aidez-moi !

Les témoins de la scène se couvraient les oreilles pour ne pas entendre les cris de damné de leur compagnon.

— Allez l'aider, vite ! leur ordonna un officier.

— C'est inutile, mon capitaine. On ne peut rien contre un « fouet de Doal », il est perdu.

Les hommes détournèrent le regard du gouffre dans lequel avait disparu leur camarade. Quelques-uns eurent le temps d'apercevoir la base du tentacule monstrueux, tordu comme la racine d'un arbre démoniaque : une bouche sanglante et immonde, dont l'haleine fétide montait dans l'air comme un gaz empoisonné.

Il n'y avait plus rien à faire. C'était le troisième homme à périr depuis leur départ d'Arvon. Alors que les hurlements de la victime résonnaient encore à leurs oreilles, les cavaliers décidèrent de venger la mort de leur compagnon. Ils se tournèrent vers le dévoreur qui venait d'avaler le dernier morceau du cheval, et l'attaquèrent à grand renfort de piques. Ils réduisirent le monstre en pièces, avant de revenir au trou duquel le tentacule avait surgi. Ils y versèrent de l'huile et y mirent le feu.

Le sable était couvert de sang, d'entrailles et de morceaux de chair. Il ne restait rien du cheval. Les chevaliers jetèrent les restes du dévoreur dans les flammes et reculèrent précipitamment pour échapper aux convulsions des tentacules du fouet de Doal, brûlé vif dans son terrier. L'odeur était immonde, et quelques hommes ne purent retenir leur nausée. Ce désert maudit n'abritait que des monstres.

S'aventurer ici avec à peine plus de cinq cents hommes et en ressortir sans plus de trois victimes tiendrait du miracle.

Les cavaliers reprirent leur marche, sans prendre la peine

d'ériger une tombe pour leur camarade, ni le temps de se recueillir devant son bûcher. Amnélys voulait avancer au plus vite pour rejoindre, avant la nuit, le fleuve et les fortifications que Ricardo devait déjà avoir achevées. Mais les prisonniers ralentissaient leur progression, et l'attaque des deux monstres les avait encore retardés. Aussi le jour mourait-il déjà quand ils aperçurent enfin le reflet du Kes au lointain.

Alors que le soir tombait, les cheveux d'ange se firent plus nombreux. Peut-être était-ce simplement parce que le vent avait tourné, ou parce qu'ils se rapprochaient du fleuve, mais les filaments étaient maintenant plus abondants qu'ils ne l'avaient été dans la journée.

Ni animaux, ni végétaux, les fils pâles se collaient aux visages avant de se dissoudre dans le vent. Dans un premier temps, les Mongauls n'y prêtèrent pas attention, se contentant de les chasser d'un geste distrait. Mais les cheveux d'ange se faisaient toujours plus nombreux, comme si, obéissant à une mystérieuse consigne, ils se rassemblaient autour des cavaliers. Peut-être la chaleur dégagée par les hommes et leurs montures les attirait-elle. Toujours est-il que ces organismes primaires arrivaient de tous côtés, sans un bruit, jusqu'à former un gros nuage blanc.

Les commandants d'unités se réunirent un instant pour discuter. Les cheveux d'ange n'étaient pas dangereux, et on ne pouvait rien faire pour les éviter. Aussi décidèrent-ils de continuer à avancer. Au même moment, un homme leva les yeux.

— Oh, regardez !

Les chevaliers relevèrent la tête et poussèrent un hoquet de surprise. Le ciel avait disparu, remplacé par une myriade de cheveux d'ange.

La lumière pâle du crépuscule de Nociphère s'était éteinte, et les hommes étaient plongés dans une pénombre violette – pas le mauve pur et mystérieux des yeux de Linda, mais un violet sombre, inquiétant et trouble, dont la lumière des premières étoiles ne parvenait pas à percer l'épaisseur. C'était comme si une immense créature gélatineuse, sombre comme la nuit, se déployait pour priver les hommes de la vue réconfortante des astres. Et le ciel de Nociphère n'était plus qu'une brume laiteuse de cheveux d'ange.

Même en sachant ces créatures inoffensives, cette vision était inquiétante, et les plus endurcis ne purent réprimer un frisson devant le nuage menaçant que Janos leur avait envoyé – un nuage de fibres blanchâtres, qui se massaient sans bruit comme les tentacules gluants des fouets de Doal.

Les chevaliers ne virent bientôt plus que cette brume blanche. Le nuage les entourait de toutes parts, estompant le monde et le crépuscule.

Un frémissement parcourut les rangs mongauls. Ces combattants ne craignaient pas les hordes sem, pas plus qu'ils ne reculeraient devant les chevaliers dragons ou les régiments des Lions de Kélonia, mais ces créatures silencieuses et impalpables réveillaient des peurs tapies au plus profond de leur âme.

— Gaïus ! appela Amnélys, et il sembla que sa voix tremblait légèrement. Gaïus, que se passe-t-il ?

Le mage saisit la corde de prière qui ornait son cou décharné et commença à la manipuler en gestes étranges et complexes qui agacèrent ceux qui l'observaient et attendaient son verdict avec impatience. Amnélys reprit :

— Les cheveux d'ange sont habituellement inoffensifs, mais avez-vous déjà entendu parler d'un tel phénomène ?

Gaïus secoua la tête.

— Je n'ai jamais rien entendu de tel.

— Est-ce un signe ?

— Si c'en est un, il n'est ni de bon, ni de mauvais augure.

— Ah, taisez-vous !

Leur échange avait échappé à la plupart des chevaliers, et le général s'en félicitait.

Les hommes étaient trop occupés à chasser de leur visage les étranges filaments qui venaient sans cesse s'y échouer. Certains commençaient à discuter pour masquer leur nervosité.

— Tu as déjà entendu parler de ça, Marus ?

— Jamais. Mon cousin habite depuis longtemps dans les Marches, près de la forêt de Tsulîd. Il me dit toujours que les cheveux d'ange sont inquiétants, mais pas dangereux. D'ailleurs, quand j'ai été affecté à Arvon…

— Écoutez, c'est pas normal, cette histoire. J'ai un fichu pressentiment. C'est un mauvais présage !

— Tais-toi, Hendree !

— Tout le monde dit que j'ai un sixième sens…

— Yûlek sait des choses. Posons-lui la question. Yûlek, hé, Yûlek ! Tu sais si ça arrive souvent, ce genre de trucs ?

— Jamais entendu parler. Mais tout est possible ici, c'est Nociphère…

— Écoutez-moi ! Vous ne connaissez pas cette légende ? On dit que les cheveux d'ange sont les âmes échappées par la bouche des morts, des âmes en peine, en proie aux tourments…

— Mais tais-toi donc !

— Puissante mère de Janos, ayez pitié de nous !

— Quand nous avons pris la Cité de cristal, les chevaliers blancs et les chevaliers noirs ont massacré tant d'innocents...

— Mais puisque je te dis de te taire ! Tu vas nous porter la poisse !

— Mais c'est...

Le vent qui s'était calmé se leva à nouveau, faisant ondoyer en silence le nuage laiteux. Quelqu'un alluma une torche et la tendit vers la masse mouvante. Au bout de quelques instants, le nuage sembla se dissoudre au contact du feu, laissant apparaître un morceau de ciel étoilé. Mais la percée fut bientôt comblée par des filaments, toujours plus nombreux.

Les cinq cents chevaliers avaient ralenti, puis s'étaient arrêtés. Isolément, les cheveux d'ange n'étaient pas dangereux, mais la quantité de filaments qui flottaient autour des cavaliers menaçait de les étouffer s'ils ne déployaient pas des efforts constants pour dégager leur visage. De plus, le nuage opaque diminuait dangereusement la visibilité, et les hommes ne voyaient rien à plus de quelques pas. Même si les cavaliers parvenaient à rassembler assez de courage pour continuer à avancer, ils pouvaient à tout moment tomber dans l'antre d'un monstre des sables.

Les trois capitaines, Melm, Kaïn et Astrias, se concertèrent. Ils mirent leurs chevaux au trot et rejoignirent le général au milieu de la formation.

— Général, il devient dangereux de continuer à avancer ainsi...

— Et les hommes ont peur.

— Nous vous recommandons d'établir le campement ici pour la nuit.

Amnélys fronça les sourcils. Elle consulta du regard les

deux capitaines de sa garde personnelle, qui répondirent d'un discret hochement de tête.

— Bien, conclut-elle après un moment de réflexion. Nous avons emporté trois jours de vivres, et le fleuve ne doit pas être à plus de trois *tads*. Inutile de continuer ce soir. Faites passer la consigne : nous nous arrêtons ici pour la nuit. Mais compte tenu des circonstances, faites attacher les chevaux en cercle autour du camp, triplez les rondes, et faites allumer un grand feu au centre du campement. Que les hommes gardent leur armure, même pour dormir. Nous partirons dès l'aube, et rallierons Arvon avant que le soleil ne soit au zénith.

— À vos ordres, général.

— Restons sur nos gardes, au cas où ces choses ne seraient pas aussi inoffensives qu'on le dit. Que tous les hommes conservent une torche à la ceinture, et qu'ils soient prêts à l'allumer à tout instant – les cheveux d'ange ne résistent pas à la chaleur.

— Compris, général.

— Rompez !

Amnélys regarda les trois capitaines s'éloigner en grande hâte. Puis elle se retourna et parla, non pas pour Gaïus ou pour les capitaines de sa garde, mais pour elle-même.

— Voilà qui est bien ennuyeux. J'avais décidé d'atteindre les fortifications du Kes avant la nuit, coûte que coûte.

— Les circonstances vous laissent peu de choix, ma dame.

— Cela m'inquiète. Personne n'avait entendu parler d'un tel phénomène. Que s'est-il donc passé ?

— Qui peut dire ce qui se passe en Nociphère ?

— Pas vous, visiblement !

Elle mordit ses lèvres roses, levant les yeux vers le nuage malsain.

Un page s'approcha.

— Nous allons dresser votre pavillon. Vous devez vous reposer, Votre Altesse.

Amnélys ne lui porta aucune attention, et ne fit aucun geste pour descendre de cheval.

Les soldats préparèrent le campement à la hâte. On alluma un énorme feu, et on prépara les rations pour le dîner.

Les prisonniers furent détachés. Ils reçurent des couvertures, qu'ils étalèrent au milieu des chevaux. Ils se laissèrent tomber au sol et ne bougèrent pas pendant un long moment, trop épuisés pour faire autre chose que respirer.

Amnélys ne donna aucune consigne concernant les captifs. Elle semblait les avoir totalement oubliés. Quelques chevaliers réprouvant les méthodes de leur général en profitèrent pour apporter eau, nourriture et onguents aux prisonniers.

Dans un état second, Rémus et Linda burent avidement l'eau qu'un soldat leur tendait. Mais ils ne mangèrent pas les *gatis*. Ils avaient dépassé le stade de la faim, et il leur semblait que la nourriture ne passerait jamais leur gorge meurtrie.

Guin se contenta d'un peu d'eau qu'il fit tourner longuement dans sa bouche, avant de la recracher sur le sable. Il retira un morceau de fruit séché d'un *gati* et commença à le mâcher avec soin. Alors qu'il entreprenait ainsi de regagner des forces, les jumeaux, allongés sur le dos, regardaient l'étrange ciel qui les surplombait.

— C'est curieux, murmura Linda. Les soldats tremblent

devant les cheveux d'ange, mais moi, je ne ressens aucune peur – juste une grande nostalgie.

— Humm… répondit Rémus. Moi non plus je n'ai pas peur. Je trouve même ça beau. On dirait le vêtement de toile d'araignée et de rosée que la vierge Aïno donne aux morts quand ils rejoignent Janos.

— J'ai l'impression qu'ils vont m'envelopper et m'emporter vers le ciel… répliqua Linda, rêveuse. Peut-être que les cheveux d'ange sont vraiment les âmes des morts, et que ceux-ci sont les milliers de victimes de la Cité de cristal, venues à notre rencontre.

Guin regarda les jumeaux. Leur conversation ne lui plaisait pas, mais elle semblait les calmer, aussi continua-t-il à mâcher en silence.

Les hommes de garde auraient aussi voulu protester. Mais ils regardèrent les enfants, et la voûte laiteuse qui les surplombait, et ne trouvèrent rien à dire. Ils se contentèrent d'esquisser discrètement le signe de Janos, en guise de protection.

Il n'y avait pas de vent, mais les cheveux d'ange ondulaient doucement, comme la surface d'une eau calme.

Les hommes se préparèrent à passer une seconde nuit dans le désert – une nuit de crainte et d'angoisse.

4

L'obscurité était désormais totale.

Dans la tente du général, les officiers avaient discuté jusque fort tard, avant de retourner auprès de leurs hommes. Un page était resté avec Amnélys. Il avait trempé une serviette dans un peu d'eau, si précieuse au cœur du désert, et avait soigneusement enlevé toute trace de la poussière de Nociphère des bras et des jambes de la jeune femme. Il l'avait aidée à s'installer sur son épaisse couche puis avait soufflé toutes les lumières.

Dehors, si loin des murs protecteurs d'Arvon, peu d'hommes trouvaient le sommeil. Les flammes du feu de camp s'élevaient haut vers le ciel, et les soldats s'employaient à les alimenter sans cesse, avec des mousses séchées, ou du combustible apporté depuis Arvon.

Ils avaient mangé en hâte, les yeux levés vers le ciel, avec dans la gorge le souvenir de l'hydromel, interdit le temps de l'expédition. Les flammes jetaient une lumière dansante sur leurs visages maculés de poussière. Faute d'eau, ils ne pouvaient se laver.

La chaleur qui montait des flammes semblait déplaire aux cheveux d'ange, et, au-dessus du feu, une trouée avait fait son apparition dans le nuage qui enveloppait le camp.

Voyant l'efficacité de leur feu, et devant l'apparente indolence des cheveux d'ange, les hommes commencèrent à se détendre et à s'habituer à l'étrange brume. Elle les surplombait comme une créature paresseuse, jetant sur eux un regard sans expression. À la lumière du feu, les chevaliers recouvrèrent peu à peu leur sang-froid, et ils se mirent à discuter.

Deux sujets monopolisaient les conversations : cet étrange rassemblement de cheveux d'ange, et ce prisonnier à la tête de fauve et au corps d'homme, que même le désert ne semblait accabler.

Chaque unité avait en son sein un homme respecté pour sa connaissance du vaste monde, ou un camarade doté d'un sixième sens particulièrement développé. Dans la lumière dorée des flammes, ces hommes parlaient avec gravité à leurs compagnons.

— Je n'ai jamais rien vu de tel! commença l'un de ces érudits. C'est un mauvais présage, c'est sûr! Je veux bien avaler mon sabre si je me trompe!

— Tu parles des cheveux d'ange, ou de ce... monstre? demanda un homme inquiet, en baissant le ton, et après un coup d'œil prudent en direction des prisonniers.

— Les deux! répondit l'autre avant de boire longuement à sa gourde.

— Un seul truc à la fois, ça peut encore s'expliquer, intervint un troisième homme. Le hasard, ou les bizarreries de Nociphère... Après tout, on ne sait pas vraiment ce qui vit ici. Mais les deux en même temps... Et au moment de la chute de Stafolos en plus...

— Il y avait deux gars de mon village à Stafolos : Gayun, et le jeune Oro, intervint un autre chevalier, le visage rougi par les flammes. Et si ce monstre a un lien quelconque avec ce massacre, ou s'il est l'oiseau de mauvais augure qui a déclenché tout cela, je veux le savoir. J'aurais deux ou trois trucs à voir avec ce type si c'est à cause de lui que les Sem ont eu mes amis.

— Tu dis n'importe quoi. S'il suffisait d'un sabre pour vaincre le destin, on n'aurait pas besoin de mages ! s'esclaffa l'érudit. Moi je pense que...

Il jeta un regard à la ronde et, certain d'avoir capté toute l'attention de son auditoire, continua à voix basse :

— Je vous fais confiance pour ne pas répéter ça. Je ne devrais pas le dire, mais... Je me demande si le Palais du Scorpion doré n'a pas eu tort de s'en prendre à Paroh.

Il observa les visages choqués avant de reprendre, encore plus bas :

— Réfléchissez un peu. Dans tous ces événements mystérieux, depuis la chute de Stafolos, on trouve les « Perles de Paroh », protégés par cet étrange Cirénos.

— Oui, c'est vrai.

— Yarn tisse nos vies sur un rouet nommé « Destin », et c'est le hasard qui y guide le fil. Seul Yarn sait quel fil apparaîtra dans le motif de son ouvrage...

— Ton fil, on n'a qu'à leur mettre au collet, et se débarrasser au plus vite de cette malédiction !

— Ce que je dis, c'est qu'ils ne sont pas la cause de tout ça.

D'autres hommes s'étaient approchés du petit groupe.

Celui qui venait de parler regarda son auditoire et, comme s'il prenait leur ignorance en pitié, continua sur sa lancée :

— La Cité de cristal était aussi appelée « la Cité des sortilèges », et « l'écrin du temple de Janos » – un royaume plusieurs fois millénaire, qui abrite des prodiges dont nous, pauvres Gohrans, n'avons pas la moindre idée. Savez-vous par exemple que sous le Palais de cristal se trouve un autre palais, un palais interdit, dans lequel des mages et des vierges veillent depuis les temps anciens sur les reliques sacrées du roi Aldross le Grand ? Et chaque nouveau roi devait avant tout descendre dans ce palais et s'entretenir avec la momie d'Aldross ! Croyez-moi : il ne fallait pas toucher à Paroh !

— Tu veux dire que tout ça, c'est parce que l'archiduc Vlad a pris la Cité de cristal dans le sang et les flammes ? Que c'est une vengeance ?

— Ouais ! Et on aura de la chance si ça s'arrête là...

L'érudit allait reprendre son discours sentencieux quand une cravache s'abattit sur son épaule, lui arrachant un cri de douleur. Il bondit sur ses pieds et se retourna vers l'origine du coup. Du haut de son cheval, le capitaine Kaïn le regardait avec colère. L'homme se jeta immédiatement au sol.

— Ceux qui répandent des rumeurs infondées et sèment la confusion dans les rangs se retrouveront très vite face aux magnos du Kes ! aboya l'officier.

Il se tourna vers le reste du groupe.

— Quant à vous, la prochaine fois que vous entendrez ce genre de ragots, collez-vous vos *gatis* dans les oreilles, ça vaudra mieux pour tout le monde !

Kaïn jeta un regard furieux à la ronde, puis talonna sa monture et s'éloigna. Autour du feu, les chevaliers restèrent un moment interdits.

Soudain, quelqu'un cria, le doigt pointé vers le ciel.

— Regardez !

Tous levèrent les yeux, et les exclamations fusèrent.

Pendant qu'ils discutaient, le vent s'était levé et avait chassé le rideau de cheveux d'ange. Quelqu'un chuchota :

— Le ciel...

Le ciel était totalement découvert.

La mer laiteuse qui ondulait au-dessus de leurs têtes quelques instants auparavant avait désormais fait place à une harmonie de violets et de bleus profonds. Le ciel était clair, dégagé à l'infini.

Ce n'était pas tout. Le vent qui avait chassé les cheveux d'ange semblait avoir également purifié l'air, le débarrassant des miasmes qui oppressaient les hommes depuis leur entrée dans ce territoire.

Le ciel était limpide, et un vent frais soufflait sur le camp. Et puis...

— Oh, les étoiles !

Le cri avait résonné dans un silence de plomb. Tous avaient les yeux braqués vers le haut.

Il était rare de voir un ciel étoilé au-dessus de Nociphère. L'atmosphère y était trop troublée, et l'on avait l'habitude de dire que même la lumière des astres ne parvenait pas à pénétrer le domaine de Doal. Pourtant, à cet instant, le ciel des Marches s'était paré de l'éclat de myriades d'étoiles.

Les astrologues disent que la configuration des astres dans la voûte céleste change du tout au tout au cours des âges du monde. Mais pour le commun des mortels le ciel est immuable, et les étoiles sont autant de guides, de repères familiers.

Certaines sont d'un éclat discret, alors que d'autres attirent l'attention, comme la géante rouge du dieu de la guerre. Parmi les constellations chargées de légendes et d'enseignements, deux étoiles se distinguaient particulièrement.

La première, l'Étoile polaire, était généralement appelée l'Étoile du Nord. Elle guidait les marins depuis les temps anciens, et on disait que sa position n'avait pas varié depuis l'origine du monde. Son éclat, froid et puissant, s'élevait au-dessus de la masse sombre des monts Asgaloon. Tel un phare de sagesse, elle éclairait le chemin hasardeux des hommes à la destinée éphémère, semblant les juger et railler leur faiblesse.

L'autre étoile brillait à l'est, au-dessus des monts Kanan qui veillaient sur la plaine comme le lion endormi dont ils avaient la forme. C'était Maliniam, l'Étoile de l'aube, à l'éclat unique, puissant et dansant.

Si l'Étoile polaire était le fanal placé par les dieux pour guider les hommes, alors Maliniam était l'œil de Yarn, libre, inflexible, dominant toute chose sur terre.

Sous la voûte parsemée d'étoiles, soldats comme prisonniers s'apaisèrent. Ils tendaient l'oreille vers la musique sacrée des astres qui les berçait tendrement. C'était peut-être le calme qui précède la tempête, mais ils oublièrent un temps l'angoisse de ceux qui ont quitté le domaine de Janos pour venir se perdre dans le territoire de Doal.

Dans la tente du général, tout était sombre et silencieux.

Mais dans la nuit, tout ne dormait pas. Une ombre avançait furtivement. L'homme était mince et grand. Il portait armure et sabre mais, même quand il bondissait de l'abri d'un rocher à un creux du terrain, il ne faisait aucun bruit.

Souple et vif, il se mouvait avec l'aisance d'un serpent d'eau danayin.

L'ombre suivait la troupe mongaule depuis qu'elle avait levé le camp plus tôt dans la journée, assez près pour ne pas la perdre de vue, assez loin pour ne pas être repérée. Quand il y avait des rochers, elle avançait par bonds, d'une cachette à une autre ; quand il n'y en avait pas, elle rampait sur le sable brûlant. Dans la lumière crue du jour, elle avait dû se laisser distancer jusqu'à ce que les cavaliers ne soient plus que de petites silhouettes lointaines. Sa tâche était bien plus aisée depuis que la nuit était tombée.

Plus tôt dans la journée, l'ombre avait failli être repérée par le capitaine Astrias, un jeune homme brun, à la silhouette altière, issu d'une noble famille de Trace. Le capitaine faisait de fréquents passages à l'arrière du convoi. Il n'était pas vraiment à la recherche de signes suspects, mais il avait surpris le reflet du soleil couchant sur ce qui pouvait être une pièce d'armure.

Il avait froncé les sourcils, tentant d'apercevoir de quoi il retournait.

— Mais qu'est-ce que c'était que ça ?

— Je n'ai rien vu, mon capitaine.

— Il y avait quelque chose, à l'instant...

Astrias était responsable de l'arrière-garde, et il prenait son rôle au sérieux. Il hésitait à faire demi-tour pour vérifier de quoi il retournait quand...

— Ah !

— Un dévoreur !

La clameur venait de l'avant des troupes.

Astrias s'était détourné pour se concentrer sur son unité. Il s'était efforcé de maintenir l'ordre dans ses rangs, et avait oublié le mystérieux éclat. Par la suite, l'apparition des cheveux d'ange avait achevé d'accaparer son attention.

Puis les hommes s'étaient arrêtés pour monter leur camp. Ils avaient allumé un feu, et la nuit était tombée sans que l'ombre ait été repérée.

L'armure noire qu'elle portait la rendait très repérable en plein jour, mais maintenant elle lui permettait de se faufiler dans l'obscurité sans risque d'être repérée par les soldats réunis autour du feu.

Isht Van – car, bien sûr, il s'agissait du Valakien – bougonnait entre ses dents. « *Par les trente répugnantes filles de Doal, qu'est-ce que c'est que ça, encore ?! Mais qu'est-ce que ces cheveux d'ange viennent faire ici ? Je me demande si les Mongauls sont aussi épatés que moi... Je n'ai jamais rien vu ni entendu de tel ! Encore une histoire incroyable à raconter à mes petits-enfants – quand j'en aurai.* »

Les Mongauls avaient été épuisés par les émotions de la journée, et dans le camp, les soldats se relayaient pour prendre quelques heures de sommeil.

« *Par l'Œil de Yarn qui brille sur les monts Kanan, cette tente, c'est celle de leur commandant, ce chevalier que j'ai aperçu tout à l'heure... Je me demande qui cela peut bien être. C'était peut-être seulement le reflet du soleil, mais ses cheveux brillaient comme de l'or. Et il ne semblait pas bien vieux...* »

Isht Van réfléchit aux principaux officiers des chevaliers blancs. Il y avait le comte Vlon, le baron Lint, et parmi les plus jeunes, Layas, Arion et Lentz. « *Hum... C'était sans doute le seigneur Arion. Même si je trouve étrange que... Par la gueule de Doal !* »

Il se faufilait vers la tente dans l'intention d'y jeter un œil quand il entendit le murmure d'une conversation. Une patrouille passait, bien trop proche au goût du Valakien. Il se blottit dans l'ombre et retint son souffle.

— C'est tout de même cruel !

Depuis sa cachette, Isht Van reconnut l'accent prononcé des Marches.

— D'accord, c'est des prisonniers. Mais on ne traite pas des enfants comme ça !

— On ne sait pas tout de cette affaire, et les chefs ont peut-être leurs raisons pour agir comme ils le font.

Le premier homme reprit, dans un murmure rauque :

— Ils finiront peut-être sur le chevalet de torture, mais en attendant d'être à Arvon, pas la peine de leur faire subir ça !

— T'as qu'à te dire qu'ils prennent un peu d'avance pour le chevalet, alors, et arrêter de me casser les pieds. Même si je dois reconnaître que c'est un beau gâchis... Cette fille n'est encore qu'une gamine, mais elle promet d'être belle ! Et elle a un teint de princesse, c'est sûr. Quel dommage de devoir briser ces jolies mains en salle de torture...

— Chut !

Quelqu'un venait d'ouvrir le rabat de la tente.

— Bonne nuit, général.

La voix appartenait à un homme dont la large silhouette s'encadrait dans l'ouverture de la tente. Une voix plus jeune, mais froide et coupante, lui répondit :

— Faites en sorte que nous puissions partir dès l'aube. Nos messagers doivent déjà avoir atteint les fortifications du Kes. Un détachement devrait venir à notre rencontre, demain. D'ici là, ne relâchons pas notre vigilance.

— À vos ordres !

— Et Lint, faites surveiller les prisonniers ! Je ne veux pas qu'ils se coupent la langue ou tentent quoi que ce soit de ce genre.

— À vos ordres, général.

— Astrias !

— Général ?

— Demain, vous laisserez l'arrière-garde à Kaïn. Je sais qu'il est fatigant de rester en arrière.

— Non, je… À vos ordres, général.

Le rabat se referma, étouffant la surprise et la déception de l'officier.

Isht Van avait reconnu l'habitude du commandement dans la voix de ce général, et il était curieux de voir celui à qui elle appartenait. Il sortit de sa cachette dans l'intention de jeter un œil entre deux pans de cuir, à l'arrière de la tente. Dans la journée, il n'avait vu l'officier que de loin, du haut de sa cachette. Mais il y avait quelque chose dans cette voix hautaine, dans l'arrogance de ce ton, qui irritait le jeune Valakien et le poussait à découvrir à qui ils appartenaient.

Le « Mercenaire rouge » se redressa et écarta lentement deux pièces de cuir qui fermaient l'arrière de la tente. À l'intérieur, on parlait à voix basse.

— Ah !

Isht Van étouffa un cri. Une forme blanchâtre, légèrement phosphorescente, rampait sur sa main. C'était un petit ver des sables. Le gant du mercenaire était trop dur pour que l'animal puisse le percer et accéder au sang dont il faisait habituellement sa pitance. Frustré, il tournait sur place, ouvrant et fermant convulsivement sa bouche immonde. Il fixait sur Isht Van des yeux rouges dans lesquels brillait la lueur mauvaise qui distingue les créatures de Doal.

— Beuh, c'est répugnant !

L'insecte était tout petit, ce n'était qu'une jeune larve. Mais il était si repoussant, avec son corps flasque et la façon dont il balançait la tête, comme en défi, qu'Isht Van ne put s'empêcher de le jeter à terre et de l'écraser sous son talon. Le courage du mercenaire lui avait valu bien des surnoms, mais les limaces et les sangsues lui donnaient la chair de poule. La présence de la larve sous la semelle de sa botte suffit à faire remonter un frisson le long de son échine.

— Qui va là ?

C'est alors qu'il se rendit compte qu'une patrouille s'était approchée. Oubliant sa curiosité pour l'hôte du pavillon, il battit précipitamment en retraite.

Il patienta jusqu'à ce que les soldats se persuadent que leurs oreilles leur avaient joué un tour.

Sa tentative d'espionnage avait échoué, mais elle n'avait pas été totalement inutile. Blotti dans l'ombre, entre les rochers, le mercenaire élabora un nouveau plan. C'était loin d'être un plan parfait, et s'il avait disposé de plus de temps, le Valakien aurait cherché une autre idée. Mais le chariot de feu de Ruah allait bientôt apparaître à l'horizon.

— Doal !

Il réprima un frisson.

— Par Ikleck, déesse de la fortune, je ramasserais bien cinquante mille *rans* de récompense pour les jumeaux de Paroh !

Jurant entre ses dents, il partit dans les dunes sans se retourner.

Un peu plus tard, alors que les Mongauls commençaient à croire que la nuit allait s'achever sans encombre, le silence fut brisé par un hurlement.

— Au secours ! Un ver des sables !

— Où ça?!

— Il attaque, à l'aide !

Très vite le camp fut pris de frénésie, comme si un géant avait donné un coup de pied dans une fourmilière. Un immense ver des sables propulsait son corps blanc et flasque à travers le bivouac, attrapant les hommes qui avaient la malchance de croiser son chemin et les vidant de leur sang. Ni le feu ni les soldats n'arrivaient à le repousser. La panique s'empara des chevaliers.

Les vers des sables faisaient partie des pires monstres de Nociphère. Ces êtres primitifs, qui pouvaient atteindre la taille de trois hommes, ne ressentaient pas la douleur, et pouvaient continuer à attaquer même après avoir été coupés en deux.

— Au secours !

— Protégez le pavillon !

L'air était saturé d'appels à l'aide et d'ordres contradictoires. Les chevaux n'étaient pas en reste, hennissant et se cabrant dans le chaos qui les entourait.

— Que Votre Altesse recule, c'est trop dangereux !

— Laissez, ce n'est rien. Que les archers se placent en première ligne. À mon commandement !

Le feu s'était éteint dans la confusion, et personne ne remarqua ce soldat qui s'approchait des prisonniers, et dont l'armure était un étrange mélange de noir et de rouge.

Un seul homme protesta quand le mercenaire coupa les liens des captifs.

— Ordre d'en haut ! Je dois les mettre à l'abri.

Le soldat acquiesça faiblement.

— Vous avez besoin d'aide ?

— Non. Allez plutôt combattre cette chose. Regardez ! Elle a encore eu l'un des nôtres !

Isht Van n'avait pas besoin de feindre la peur qui faisait trembler sa voix. Il était parti à la recherche d'un de ces monstres. Quand il avait trouvé un terrier prometteur, il s'était transformé en appât pour attirer la bête jusqu'au camp. Il avait couru plus vite que jamais, et la peur qui lui avait alors donné des ailes le tenaillait encore.

— Et merde ! Par les deux maudites têtes de Janos, c'est bien la dernière fois que j'aide quelqu'un !

Jurant à mi-voix, il coupa les liens de Guin, et lui tendit une dague. Ni le guerrier, ni les jumeaux ne dirent un mot pendant qu'il les libérait.

Dans l'affolement général, personne ne remarqua les quatre silhouettes qui s'enfuyaient en courant. Guin et Isht Van attrapèrent deux chevaux paniqués qui avaient rompu leurs attaches. Les bêtes étaient déjà harnachées, et les deux hommes sautèrent en selle, chacun hissant un enfant devant lui.

— Vers l'est, lança Guin.

Isht Van poussa un cri et éperonna son cheval.

Folle de peur, la bête s'élança vers le désert. Au même moment, un appel retentit derrière les fugitifs :

— Les prisonniers se sont échappés !

Quatrième partie

LA VALLÉE DES IDOH

1

— Alerte !

— Les prisonniers s'enfuient !

— Ils ont pris des chevaux !

Les fuyards s'agrippaient comme ils le pouvaient à leurs montures. Fous de peur, les chevaux galopaient comme s'ils avaient Galm aux trousses. Et les hurlements qui s'élevaient derrière eux n'avaient rien à envier aux aboiements du molosse des enfers. Amnélys ordonnait la poursuite tandis que ses capitaines tentaient à grands cris de ramener l'ordre dans le camp, toujours ravagé par le ver des sables. Mais ce chaos s'estompait déjà derrière les fugitifs.

Le vent de la course battait la crinière des chevaux qui galopaient vers l'est, entre les rochers. « L'œil de Yarn » pâlissait déjà au-dessus de l'étrange silhouette des monts Kanan. Le soleil allait bientôt se lever sur Nociphère, un désert aride pourtant synonyme de vie et de liberté pour les quatre fuyards.

Isht Van éperonnait son cheval sans relâche, l'encourageant

à grands cris. Il savait que la poursuite s'organisait, et que les flèches allaient bientôt voler. Il lui semblait qu'une main allait à tout instant le saisir et le tirer en arrière.

À ses côtés, Guin était étrangement calme. Maintenant fermement Rémus devant lui, il rapprocha sa monture de celle du mercenaire.

— Ralentis, ou tu vas épuiser ton cheval.

Isht Van se retourna. Dans les premières lueurs de l'aube, le camp mongaul n'était plus qu'une tache indistincte parmi les pierres blanches et grises. Notant qu'aucun nuage de poussière ne les poursuivait, le Valakien poussa un soupir, qui se mua bientôt en un flot de jurons.

— Que les légions de pourceaux des enfers me dévorent le foie, qu'ils me piétinent dans leur bauge puante et me livrent à leur maître implacable, mais jamais, plus jamais je ne...

— I... Isht Van !

La voix de Linda interrompit le Valakien dans l'étalage de son répertoire. Elle pleurait, elle riait, et le mélange de ses émotions déformait son joli minois.

— Merci, « Mercenaire rouge ». Merci, et pardon. Je croyais... Je croyais que vous dormiez sur... vos deux oreilles... alors que vous étiez... poursuivi par un ver des sables ! J'ai douté de vous, et pour cela, vous pouvez me frapper...

— Ah bon ? Tu me paies si je te frappe ?

Il était d'une humeur effroyable.

— Je n'ai pas besoin de ta gratitude, encombrante « Perle de Paroh » ! Je suis un idiot. Par les trous du turban de Yarn, je suis un crétin ! J'ai ignoré les règles d'or du mercenaire ! Règle numéro un : ne rien faire si tu n'es pas payé pour. Règle numéro deux : ne te laisse jamais guider par tes émotions.

Alors tes remerciements, tu peux te les garder ! La gratitude, ça n'a jamais nourri personne !

Guin écouta en silence les récriminations du mercenaire. Il ne fit aucun commentaire, et son masque de fauve ne lui permettait pas de sourire, mais un éclat étrange brillait au fond de ses yeux jaunes. Il savait que le Valakien était embarrassé par la gratitude de la jeune fille, et il s'amusait de la façon bruyante dont celui-ci tentait de dissimuler sa gêne.

Malheureusement, Linda ne connaissait pas assez les réactions masculines pour comprendre cela. L'accueil que le mercenaire venait de faire aux remerciements et aux excuses de la princesse la vexa au plus haut point.

— Isht Van de Valakie, je vous saurai gré de ne pas utiliser un tel langage en ma présence !

Elle s'accrocha au cou de sa monture et se redressa pour chevaucher avec autant de dignité qu'elle put en rassembler.

— De plus, si ma reconnaissance vous importe aussi peu, rien ne vous oblige à l'accepter. Et ne vous lamentez pas, vous ne travaillez pas pour rien. Nous ne sommes aujourd'hui que des fugitifs, mais si un jour le royaume de Paroh devait renaître, vous seriez dix fois récompensé. Soyez donc rassuré.

— Vous me paierez, hein ? demanda-t-il d'un air renfrogné. Attention ! Le « Mercenaire rouge » coûte cher !

— À quel point ?

— Un million de *rans* !

— Quoi ? C'est du vol ! Vous profitez de la détresse des gens...

— Et je veux un titre ! Faites-moi entrer dans la noblesse de Paroh !

— Quel toupet !

— Je viens tout de même de tirer l'Oracle et l'héritier de Paroh des mains de leurs ennemis, j'ai épargné la torture et l'exécution publique aux derniers représentants de la lignée royale !

— Eh bien… Bon, d'accord. Je vous le promets : si nous parvenons à ressusciter notre royaume, je vous ferai capitaine des Gardes célestes du Palais de cristal.

— Attention aux promesses en l'air, princesse, elles pourraient bien vous retomber dessus un jour !

Le mercenaire était soudain sérieux. En acceptant, il prenait un engagement : il misait sur la résurrection de Paroh.

Sans s'apercevoir de ce changement d'humeur, Linda poursuivit :

— Les princes de Paroh n'ont qu'une parole, Isht Van de Valakie.

— Alors, un titre et un poste de capitaine des Gardes célestes ?

— C'est exact.

— Et vous me paierez mes services ? Bon, peut-être pas un million de *rans*, mais…

— C'est ainsi que je l'avais compris.

— Bien.

Le mercenaire était aux anges, comme un chat devant une écuelle de lait. Un éclat inquiétant passa dans ses yeux noirs et vifs, reflet d'une idée qui le réjouissait visiblement.

— Au fait…

Il arborait un air radieux.

— On vient de parler de la récompense pour vous avoir sauvés des griffes des Mongauls, mais nous ne sommes pas encore en sécurité, on nous poursuit, et un long chemin – long et dangereux – nous attend au cœur de Nociphère, puis dans les légendaires monts Kanan ! Et si, malgré toutes ces embûches, je vous menais sains et saufs jusqu'à Algos ou Kélonia... quelle serait ma récompense ?

— Eh bien...

— Et n'oublie pas que tu m'as déjà fait capitaine des Gardes célestes ! lui rappela sournoisement le Valakien. Je suis mercenaire : si tu m'engages, mon sabre sera à ton service, et je vous serai fidèle, à toi et à ton frère, jusqu'à ce que notre contrat expire ou soit annulé.

— Quand bien même... Nous ne sommes que des héritiers sans trône, murmura Linda.

Isht Van se lécha les babines.

— Et si tu me faisais Duc de cristal, pour que je siège à ta gauche ?

Il avait à peine achevé sa phrase qu'il éclata de rire, se tordant au risque de tomber de sa selle.

— Quoi ?!

Linda rougit jusqu'à la racine des cheveux.

— Isht Van de Valakie, vous n'êtes pas sérieux ! Ignorez-vous que le Duc de cristal est non seulement le troisième dans l'ordre de succession, et mon régent si jamais je devenais reine, mais qu'il sera aussi mon époux ?!

— Alors même si je t'aidais à restaurer ton royaume, tu ne voudrais pas m'épouser, princesse ?

Il rit de plus belle.

Puis, reprenant soudain un air très sérieux :

— Pourtant, je me trouve assez bel homme...

Un nouvel éclat de rire le secoua si fort qu'il ne put rien ajouter.

L'exaspération coupa brièvement le souffle de la princesse. Puis...

— Lai... Laissez-moi descendre! Je veux descendre de ce cheval, tout de suite! Je préfère affronter les périls de Nociphère plutôt que de rester un instant de plus en compagnie de ce goujat! Insulter de la sorte la princesse de Paroh... ! Arrêtez ce cheval!

— Cessez vos enfantillages, tous les deux! les réprimanda Guin.

Mais il ne put retenir un long grognement amusé.

Cette fois, ce fut Isht Van qui prit la mouche.

— Ah bon? Alors comme ça, l'idée de m'épouser n'évoque que l'insulte pour la princesse de Paroh? Je comprends : je ne suis que le fils d'un pauvre pêcheur de Valakie, né dans la boue. Je traîne mes guêtres sur les champs de bataille depuis que j'ai quatre ans, j'ai survécu comme j'ai pu... Bref, je ne suis pas assez bien pour une princesse! Je vous présente donc mes excuses pour avoir offensé l'Oracle de Paroh. Mais laissez-moi vous dire autre chose : je suis né avec une pierre précieuse dans la main, et la vieille du village a dit qu'un jour je serai roi, qu'une « Princesse de lumière » croisera mon chemin, qu'elle m'offrira un royaume – et les ténèbres. Quand ce jour viendra, quand je serai roi, je me souviendrai de la manière dont la princesse de Paroh m'a humilié!

— Mais je n'ai pas...

— Bon, ça suffit tous les deux! les interrompit Guin avec un claquement de langue. Isht Van, Linda n'est encore qu'une enfant...

Il n'ajouta rien, mais il était clair pour lui que le mercenaire n'était pas beaucoup plus adulte que la jeune fille.

Linda reporta sur la plaine son regard assombri par la colère. Le jour se levait, un nouveau jour de fournaise pour Nociphère.

Le ciel déployait ses voiles bleus et violets au-dessus des rochers gris qui s'étendaient à perte de vue, parfois salis par les traînées pâles des lichens. Des cheveux d'ange flottaient paresseusement dans l'air matinal, avant de se dissoudre et de disparaître.

Ce paysage désolé ranima soudain une crainte occultée par les derniers événements. Oubliant sa colère, elle se retourna vers Isht Van.

— Mais où est donc Suni ? Vous ne l'avez tout de même pas mangée... ?

— Tu dis n'importe quoi !

L'humeur du mercenaire était toujours aussi sombre.

— Je n'allais pas manger cette guenon maigre et puante ! Quand elle a vu que vous aviez été capturés, elle a pris ses jambes à son cou... Vous auriez dû la voir caracoler entre les rochers ! Quelle ingratitude – mais ce n'est qu'un animal, après tout !

— Suni ? Enfuie ?

Linda était choquée. Depuis leur rencontre dans la tour de Stafolos, Linda avait trouvé un grand réconfort dans la compagnie de la petite Sem, loyale et fidèle malgré les nombreux obstacles que Yarn leur avait réservés.

Ne sachant que répondre, Linda s'enfonça dans le silence, se laissant bercer par le rythme du cheval. Ses yeux violets étaient emplis de tristesse, mais aussi de méfiance. Ils ne parlèrent plus, et seul le bruit des sabots des chevaux troublait le calme du désert alors qu'ils s'enfonçaient dans Nociphère.

Guin fut le premier à les voir

— Regardez !

Ils se retournèrent et pâlirent.

À l'ouest, un petit nuage de poussière tachait l'horizon.

— Ils nous rattrapent, murmura Isht Van dans un souffle. Je suppose qu'ils ont abreuvé leurs chevaux avant de partir... Ah, c'était trop beau, ça ne pouvait pas durer !

Derrière eux, le nuage grandissait à vue d'œil. Les chevaux de leurs poursuivants étaient encore frais, alors que leurs propres montures, qui supportaient deux cavaliers chacune, commençaient à montrer des signes de fatigue. Cela faisait quelque temps déjà qu'ils avançaient moins vite, et alors que Linda et le mercenaire étaient occupés à se disputer, leurs poursuivants, aiguillonnés par la rage, avaient silencieusement grignoté leur avance.

Ils observèrent un instant le nuage sans dire un mot.

Puis Isht Van lâcha, d'un ton blasé :

— Alors, Guin, on fait quoi ?

Celui-ci haussa ses larges épaules.

— Tu as une idée ?

— Cachons-nous ! On ne peut pas les distancer, on ne peut pas les battre... On n'a pas le choix !

— Jouer à cache-cache ? demanda Guin, l'air songeur. Mais pour combien de temps ?

— On ne peut pas faire ça ! intervint Rémus. Ils ont de l'eau et des provisions, et nous n'avons rien. Ils n'auront pas besoin de nous trouver, il leur suffira d'attendre !

— Toi, le gosse, on t'a pas sonné ! répliqua Isht Van. Mais notre ami à fourrure a peut-être une autre solution...

— Pas exactement, répondit Guin.

— Alors, quoi ?

— Tu dis qu'on ne peut ni fuir, ni se battre, mais je n'en suis pas si sûr.

— Tu ne veux tout de même pas te battre? Par l'épée flamboyante de Ruah, tu plaisantes!

Isht Van se retourna. Le nuage était encore lointain, mais il approchait rapidement.

— Peux-tu nous dire combien ils sont, mercenaire?

— Bien sûr! Je peux voir un oiseau dans un arbre à un *tad* de distance... Il y a une compagnie, peut-être un peu moins. Deux armures blanches en tête, le reste est rouge.

— Une compagnie...

Guin se plongea dans ses pensées.

Isht Van, qui examinait le groupe de cavaliers, fronça les sourcils.

— Je crois qu'on peut rajouter un ou deux pelotons...

— Hum... Ça ne va pas être facile, commença pensivement Guin, mais on va tenter quelque chose. Isht Van, tu ne connais pas la région?

— Pas du tout, non.

— Bon. À l'est, ces montagnes toujours noires, ce sont les monts Kanan, dont parlent les vieilles légendes.

— Ça, je le savais.

— On ne pourra pas atteindre les contreforts avant que les Mongauls nous rattrapent, mais le village raku dont Suni m'a parlé ne doit pas être bien loin d'ici. Elle a dit qu'on le trouvait « quand la tête de chien de Kanan fait un doigt à gauche ».

— Qu'est-ce que c'est que ce charabia?

— Regarde : tout à gauche de la chaîne de montagnes, il y a un sommet plus haut que les autres. C'est le pic sacré de Feras, le point culminant de Kanan. Quand on regarde cette montagne côté ouest, elle ressemble à une tête de chien; c'est d'ailleurs son surnom, la « Tête de chien ». Pour l'instant on n'en voit que la moitié, mais…

Guin leva la main devant lui, l'index tendu.

— Si on ferme un œil… Voilà, il faut avancer jusqu'à ce que la tête de chien ait la même taille que le doigt. On devrait trouver le village quelque part dans un rayon d'un *tad* à partir de là.

Isht Van semblait dubitatif. Mais derrière eux, les cavaliers se rapprochaient toujours plus. On pouvait maintenant distinguer chaque silhouette au cœur du nuage de poussière.

— À trois sur un cheval, vous ne pourrez pas aller bien vite, mais faites au mieux, déclara Guin, comme si cela expliquait tout.

— Quoi ?

Isht Van était stupéfait. Ses beaux yeux noirs, d'habitude étirés en amande, s'arrondirent comme deux billes.

— Hé, Tête de chat…

— Je suis désolé, mais on m'a pris mon sabre. Je peux t'emprunter le tien, mercenaire ?

— Ho ! Eh !

— Ne fais pas ça, Guin !

Linda et le mercenaire avaient crié en même temps.

— Ne vous inquiétez pas, je connais plusieurs façons de retenir quelqu'un.

Il éclata d'un rire bref, assourdi et guttural.

— Les enfants, notre « Mercenaire rouge » a peut-être raison, je suis peut-être bien né ici, dans Nociphère. Je m'aperçois que je connais tout de ce désert et des animaux qui y vivent.

— Non, Guin, je ne te laisserai pas faire. Nous n'avons pas le droit d'exiger un tel sacrifice de ta part…

Guin ne permit pas à la princesse d'achever son plaidoyer.

— Suffit ! lança-t-il avec irritation.

Il attrapa soudain Rémus par la taille. Le prince tenta de se raccrocher au guerrier, mais Guin se dégagea en douceur et lança brutalement le jeune garçon vers Isht Van. Celui-ci rattrapa Rémus de justesse et l'installa en croupe.

— Guin, non !

— S'il te plaît !

Ignorant les suppliques des jumeaux, Guin tendit la main vers le mercenaire. Isht Van détacha le fourreau du sabre qui pendait à sa ceinture et jeta l'arme au guerrier, qui l'attrapa au vol de sa poigne puissante.

— Ne vous inquiétez pas. Quand j'en aurai fini, je vous rejoindrai au village de Suni.

Guin éclata encore de rire, lançant un grognement étouffé, comme un défi au danger.

Pendant ce temps, les Mongauls s'étaient encore rapprochés, émergeant du nuage de poussière comme par magie. On entendait le tintement de leurs armures, et même...

— Vous, là-bas ! Attendez !

— Arrêtez-vous, ou nous tirons !

Les ordres et les cris des chevaliers leur parvenaient maintenant, portés par le vent.

— Filez ! lança Guin, agitant son sabre vers l'est. On se retrouve au village raku !

— Oui, le village, quand la tête du chien fait un doigt, cria Isht Van en retour.

Les yeux brillant d'excitation, le mercenaire allait éperonner son cheval quand Linda l'arrêta en s'accrochant à sa jambe.

— Attendez, je vous en prie !

— Ah, lâche-moi, gamine !

Guin s'approcha et donna un grand coup de fourreau sur la croupe du cheval d'Isht Van.

La pauvre bête était épuisée, mais la surprise conjuguée à la douleur lui permirent de puiser dans ses dernières forces. Elle partit au grand galop.

— Au village raku, trois *tads* vers l'est ! leur hurla Guin.

Puis, sans un regard de plus, il fit volte-face.

— Halte !

— Arrêtez-vous ou nous tirons !

Les cris de leurs poursuivants fusaient maintenant, claquant dans l'air comme autant de traits d'arbalète.

Une main sur les rênes, Guin attrapa le fourreau de son sabre entre les dents et dégaina.

— Toi, l'homme-fauve, attends !

— Si tu n'opposes pas de résistance, tu auras la vie sauve. Rends-toi !

Guin ne prêtait pas plus d'attention à ces cris qu'au souffle du vent, ou à la caresse des cheveux d'ange. Il réfléchissait : « *S'il y avait des vers des sables ou des dévoreurs dans les parages, ça m'aurait facilité les choses…* » Il jaugea ses adversaires : deux cents chevaliers, parfaitement entraînés. « *Il va falloir que je m'en remette à mon sabre…* », conclut-il, avec un claquement de langue agacé.

À cet instant, un bruit de galop surgit dans son dos.

— Guin !

— Idiots, qu'est-ce que vous faites encore là ? grogna-t-il, les yeux brillant de colère.

— Guin, on ne peut pas… bredouilla Isht Van. Regarde !

Il tendit un doigt tremblant vers l'est. Cramponnés à la

selle du mercenaire, Rémus et Linda, pâles comme des linges, fixaient sur Guin leurs yeux écarquillés.

La rage qui flambait dans le regard du guerrier s'éteignit alors qu'il tournait lentement la tête pour suivre le doigt tendu d'Isht Van.

Ils avaient tout misé sur leur fuite vers l'est. Le levant était leur seul espoir de liberté – de survie, même. Mais Guin comprenait maintenant l'émotion de ses compagnons : à l'est, un autre nuage de poussière s'approchait inexorablement.

— On est pris en tenaille…

La voix du « Mercenaire rouge » était faible.

Un long grognement monta de la gorge de Guin, un bruit sourd et menaçant.

2

Les deux nuages de poussière se rapprochaient inexorablement, comme deux mâchoires prêtes à se refermer sur une proie sans défense.

— Guin… C'est la fin, n'est-ce pas ? demanda Linda d'une toute petite voix, les yeux embrumés de larmes. Ils vont nous ramener, et cette fois, on ne pourra plus fuir. Nous serons emmenés à Trace et exécutés. J'espère que ces démons auront au moins la décence d'accorder une fin digne aux derniers héritiers de Paroh. Mais Guin, jusqu'à notre dernier soupir, Rémus et moi nous souviendrons de la façon dont tu nous as protégés, au péril de ta vie. Et vous, Isht Van…

Linda se retourna, plongeant son regard lilas dans les prunelles noires du mercenaire surpris.

— Du fond du cœur, merci d'avoir risqué votre vie pour nous libérer. Je regrette sincèrement de ne pouvoir vous récompenser comme promis. Vous auriez été superbe dans l'uniforme des Gardes célestes. Dites ce qu'il faudra, faites ce qui sera nécessaire pour vous en sortir. Qu'au moins l'un d'entre nous survive. Faites-le pour moi.

Soudain troublé, Isht Van cligna frénétiquement des yeux.

— Je n'ai pas… commença-t-il à bougonner.

Mais la voix tranchante de Guin l'interrompit.

— N'abandonnez pas encore, enfants de Paroh. Je vous l'ai déjà dit : il faut se battre jusqu'au bout. Il n'est pas besoin de manier le sabre, mais vous ne devez jamais abandonner le combat !

— M… Mais, Guin… commença Rémus.

— Attendez, l'interrompit Isht Van d'une voix tendue. Attendez, qu'est-ce que… Il y a quelque chose qui cloche ! Ce groupe, là… Oh !

Les jumeaux se regardèrent. Le désespoir avait-il fait perdre la tête au mercenaire ? Le Valakien venait en effet de passer de l'abattement à un rire si violent qu'il le pliait en deux sur sa selle.

— Isht Van ! cria Linda.

Guin fronça les sourcils.

— C'était donc ça ! C'était ça qu'elle… avait… en tête ! haleta le mercenaire, toujours en proie à une hilarité inextinguible.

Soudain, Guin laissa échapper une exclamation.

— Ah !

— Guin, qu'est-ce que… ?

— C'est Suni ! aboya-t-il en réponse. Au galop ! Penchez-vous sur la selle et galopez aussi vite que possible. Prions le ciel pour échapper aux flèches des Mongauls. Allez, vers l'est !

Isht Van avait déjà lancé son cheval au galop.

— Accrochez-vous, les gosses !

— Mais qu'est-ce que Suni ?... hoqueta Linda, qui ne comprenait toujours pas ce qui se passait.

Chevauchant comme un dément vers le nuage de poussière qu'il fuyait quelques instants auparavant, Isht Van hurla en réponse :

— Elle est revenue nous sauver, avec les guerriers de son clan ! Et ils arrivent au bon moment, pour nous tirer de la bouche du magnos !

— Oh, Suni !

Linda ne put en dire plus.

La jeune fille était couchée sur l'encolure du cheval, alors que son frère, en croupe, s'accrochait à la taille du mercenaire. Mais tous deux voyaient maintenant le groupe qui approchait en soulevant la poussière grise du désert, beaucoup moins loin qu'il ne le paraissait jusque-là. Ils reconnurent des Sem – à pied et deux fois plus petits que les soldats gohrans. Isht Van éperonna encore une fois leur monture. La pauvre bête était sur le point de s'effondrer.

Les Sem arboraient des peintures de guerre ocre, des carquois de cuir aux flèches probablement empoisonnées et des arcs tendus de lianes. Ils s'étaient parés de peaux et de plumes multicolores.

En tête de la troupe guerrière, une petite silhouette bondissante se précipitait vers eux, si vite qu'il semblait qu'elle ne pourrait jamais s'arrêter.

— Suni ! hurla Linda, avant de bondir lestement à terre.

Elle retomba parmi les rocs, trébucha, tomba à genoux et se releva aussitôt. Elle courut aussi vite qu'elle le pouvait, sans prêter attention au sable qui se dérobait sous ses pieds, ni aux pierres sur lesquelles elle butait.

— Linda ! cria Suni en réponse.

Son petit visage simiesque, souillé par les larmes, rayonnait de joie et de loyauté.

Sans se soucier des flèches mongaules qui soulevaient la poussière autour d'elles, les deux jeunes filles tombèrent dans les bras l'une de l'autre, avant de se laisser choir à terre.

Chacune répétait inlassablement le nom de l'autre, sans qu'aucune ne puisse dire autre chose. Les deux jeunes filles étaient de races et d'aspects différents, et rien ne les avait prédisposées à se rencontrer. Pourtant, sur le sable de Nociphère, elles découvraient la profondeur de l'affection qui les liait, l'adoration que l'une portait à l'autre, et la profonde amitié que celle-ci lui rendait. Elles ne parlaient pas la même langue, mais leurs cœurs se comprenaient parfaitement.

— Merci, Suni, ma chère petite Suni, mon amie...

Linda sanglotait, la joue pressée contre la petite tête de la Sem.

— *Arula, arufé iimiru, alh elaatu !* déclara fièrement Suni en désignant le groupe qui la suivait.

Isht Van et Rémus les rejoignirent alors, abandonnant derrière eux leur pauvre monture, qui s'écroula aussitôt, l'écume à la bouche.

— Un, deux, trois... À peu près trois cents Sem. Les Mongauls doivent être deux cents. Avec Guin et moi, on devrait s'en sortir !

Isht Van affichait un sourire calme en comptant ses troupes, comme s'il les avait lui-même ralliées à sa cause.

— Noble dame !

Linda sursauta.

Suni s'écarta de son amie et désigna un Sem avec un grand sourire. On voyait immédiatement que ce nouveau personnage était de haut rang, sans doute un chef de clan. Il semblait âgé, et sa fourrure était blanche par endroits. Il parlait avec hésitation, mais presque sans accent.

— Vous avez sauvé un enfant de notre clan. En témoignage de notre gratitude, nous vous offrons notre aide pour tuer vos ennemis, et l'abri de notre village.

— Eh bien, je ne…

— Je suis Rotoh, chef du clan des Rakus. Vous devez être fatigués. Veuillez passer derrière nos rangs, où vous pourrez vous reposer.

Linda se demanda qui avait enseigné au Sem à parler si bien la langue des Terres Intérieures.

— Je suis Linda, princesse et Oracle de Paroh. Et voici mon frère Rémus, héritier du trône. Isht Van le Valakien est notre allié. Du fond du cœur, je vous remercie pour votre accueil.

Linda mit un genou à terre et salua le vieux Sem dans la plus pure tradition du Palais de cristal, prenant la main poilue dans la sienne.

N'y tenant plus, Isht Van les interrompit brutalement.

— Eh, c'est pas la moment de faire des courbettes avec les singes ! Regardez ! Par la double lame de Cirénos, la Tête de chat veut se faire deux cents chevaliers mongauls à lui tout seul !

Ils suivirent du regard le doigt tendu du mercenaire, et ce qu'ils virent leur coupa le souffle.

Une terrible bataille était sur le point de s'engager. Tout à la joie de ses retrouvailles avec Suni, Linda n'avait pas réalisé que Guin ne les avait pas suivis dans leur course vers la protection des guerriers sem. Il venait au contraire de lancer son cheval au galop et, levant bien haut son sabre, il chargeait seul les deux cents cavaliers adverses avec un hurlement de fauve.

Pendant un instant, les Mongauls ne surent comment réagir face à ce guerrier qui fondait sur eux en hurlant, comme un dieu vengeur. Effrayés, ils s'écartèrent, livrant à Guin un passage dans leurs rangs. Mais Astrias reprit vite ses hommes en main, accompagnant ses ordres de gestes vifs.

— Battez-vous, il est tout seul ! N'utilisez pas vos arbalètes, vous risquez de toucher l'un d'entre nous !

Le sabre de Guin fauchait les chevaliers autour de lui, les jetant à bas de leurs montures.

— Ne tirez pas, je le veux vivant !

Si Astrias n'avait pas reçu cette consigne du général, il aurait sans hésiter ordonné la mort du guerrier. Mais il avait les mains liées, pensa-t-il avec irritation. Sans Sahim et Feldrick, deux chevaliers blancs venus superviser sa mission, il aurait bien su trouver une histoire pour justifier la mort de cet homme, mais là...

Guin était seul, mais il valait bien dix combattants. Désormais couvert du sang de ses ennemis, il poussait d'épouvantables rugissements. Comme dans la légende de Cirénos, les jaillissements de sang et les cris d'agonie accompagnaient la macabre danse de son sabre. Les chevaux tombaient, les jambes fauchées, et les plus courageux des chevaliers hésitaient à affronter un tel adversaire.

L'évidente réticence de ses hommes exaspérait le jeune capitaine.

— Vous ! Ne reculez pas ! L'ennemi est seul, encerclez-le, capturez-le !

Alors qu'Astrias tentait vainement de motiver ses hommes,

un nouveau combattant apparut. Il était à pied, et la visière de son armure noire masquait son visage.

— Un petit coup de main ?

Et il jeta à terre le premier cavalier qu'il croisa, le tuant d'un coup précis de sa dague. Il délesta sa victime de son sabre et sauta en selle avec l'agilité d'une panthère noire.

— Guin, ça va ?

— Parfait !

Les deux hommes se frayèrent un chemin sanglant parmi les chevaliers jusqu'à amener leurs chevaux croupe à croupe.

— Guin !

— Oui ?

— C'est la première fois que nous combattons ensemble !

L'élite de l'armée de Gohra était déroutée par ces deux cavaliers. Les Mongauls avançaient, hésitaient puis reculaient, flot humain répugnant à venir se briser sur ces deux rochers.

Puis les Sem donnèrent enfin l'assaut, dans une tornade de cris stridents.

— *Ayi ! Ayi ! Ayi !*

— *Ii ! Ii !*

Un frémissement parcourut les rangs mongauls.

— Les Sem !

— Les Sem attaquent !

En tant que commandant, Astrias se tenait à l'arrière de ses troupes. De là où il était, il vit le mouvement de recul de ses hommes, et c'en fut trop pour lui.

— Pour Mongaul ! hurla-t-il de toutes ses forces, avant de se lancer dans la bataille.

Sahim et Feldrick, qui étaient à ses côtés, n'eurent même pas le temps de le retenir.

Les deux troupes s'affrontèrent à grands cris, avec la puissance des immenses vers des sables qui se battent parfois à mort pour défendre leur territoire. Ou plutôt, il semblait qu'un énorme ver rouge était attaqué par une myriade des terribles fourmis du désert.

Les Sem se faufilaient entre les chevaux, décochant leurs flèches empoisonnées dans les rares points vulnérables des armures mongaules, principalement les yeux et la gorge. Les cavaliers tombaient alors en poussant de grands cris, et des groupes de Sem se précipitaient pour les achever.

Bien sûr, Astrias et ses hommes faisaient également des ravages parmi les Sem, qu'ils dominaient du haut de leurs montures.

Mais les petits guerriers avaient développé une tactique leur permettant de compenser leur handicap. L'un d'eux montait sur les épaules d'un camarade, puis un troisième guerrier utilisait cette échelle humaine pour sauter sur un cheval. Les cavaliers, gênés par leur lourde armure, ne pouvaient rien contre ces adversaires qui leur sautaient dessus et ne les lâchaient plus, comme des tiques géantes.

Vu du chariot brillant de Ruah, désormais haut dans le ciel, les pâles couleurs de Nociphère devaient être souillées d'une grosse tache sanglante.

Cris de guerre et hurlements d'agonie se mêlaient en un vacarme infernal.

— *Arl, arula, Arfettoh !*

— *Iihiihiih !*

— Pour Mongaul !

— Pour le duché, sus aux Sem !

Devant ce spectacle, les deux chevaliers blancs s'étaient prudemment retirés à l'arrière des rangs mongauls.

— Feldrick ! murmura Sahim. Nous sommes dépassés !

— Il semble bien. L'ennemi est plus nombreux, et ces deux capitaines savent galvaniser leurs troupes...

— Cet homme-fauve est un combattant stupéfiant !

— Oui. Et tu as vu l'homme en noir ? Je suis sûr qu'il porte une armure de Gohra, même si on en a retiré les insignes.

— Un traître ? C'est une affaire grave...

— Attention !

Un groupe de Sem se précipitait sur les deux chevaliers, et Feldrick entreprit de les repousser à grands coups de cravache.

— Quoi qu'il en soit, reprit-il quelques instants plus tard, les craintes de dame Amnélys étaient justifiées. Les Sem et les héritiers de Paroh se sont bel et bien alliés.

— C'est une grave menace pour Mongaul.

— Certes. Nous devons rentrer au plus tôt et informer Son Altesse de la situation.

— Et Astrias ?

— Nous ne pouvons nous permettre d'attendre, le sort de Mongaul dépend peut-être de nous !

Feldrick et Sahim se regardèrent et, sur un hochement de tête, tournèrent bride.

Dans le chaos meurtrier, seul l'homme-fauve aperçut les deux chevaliers qui fuyaient les combats, vers l'ouest.

Guin devina immédiatement les projets des deux hommes. Il se débarrassa des cavaliers qui lui bloquaient la route et se lança à la poursuite des fuyards.

— Mercenaire ! Ne les laisse pas partir, ils vont chercher des renforts !

— Compris ! hurla Isht Van en réponse, avant de lancer son cheval à la suite de Guin.

Voyant qu'il ne pourrait jamais se débarrasser à temps des chevaliers rouges qui tentaient de le retenir, il saisit son sabre à la valakienne, tendit le bras loin derrière son épaule, et lança son arme comme un javelot.

Le sabre s'enfonça profondément dans la croupe du cheval de Sahim. La bête bondit, envoyant valser son cavalier, qui retomba sur les rochers.

Isht Van se défit des chevaliers qui lui bloquaient le passage et vint donner le coup de grâce à l'officier à terre. Feldrick ne se retourna même pas vers son malheureux camarade. Cravachant sa monture sans relâche, il disparut dans le désert, vers le Kes et la forteresse d'Arvon.

Isht Van allait se lancer à la poursuite de Feldrick quand un cavalier vint se placer entre lui et sa proie.

— Viens te battre !

L'homme et le mercenaire étaient d'âges et de statures comparables, et le heaume du chevalier rouge laissait voir des cheveux et des yeux aussi noirs que ceux du Valakien.

— Pousse-toi de là, j'ai pas le temps de jouer !

— Je suis le capitaine Astrias ! Quel est ton nom, traître ?

— Astrias ? Le « Lion rouge de Gohra » ?

Isht Van détailla l'homme qui se dressait devant lui. La visière protégeait un visage jeune et bien fait, aux yeux noirs, profonds et brillants, sous de courts cheveux de jais. Ils se ressemblaient tellement que, s'ils avaient porté la même armure, il aurait été difficile de les différencier.

Mais l'homme portait celle des chevaliers rouges et le plumet de capitaine, et surtout, il émanait de lui la fierté et la noblesse d'un homme de haute naissance, qui avait voué sa vie à son pays. Le mercenaire le détesta aussitôt.

— Astrias, fais tes prières !

Oubliant totalement Feldrick, dont on n'apercevait plus qu'un nuage de poussière, Isht Van se lança à la rencontre du jeune capitaine.

Leurs sabres s'entrechoquèrent, lançant des éclairs bleutés dans l'air surchauffé, alors que leurs montures se croisaient au galop. Ils firent volte-face et s'affrontèrent une deuxième fois, puis une troisième.

Après leur troisième confrontation, ce fut Isht Van qui adressa une prière à Doal pour que son adversaire ne le voie pas pâlir. Le mercenaire avait appris à se battre par lui-même, dans le seul but de survivre, alors que depuis sa plus tendre enfance Astrias avait bénéficié de l'enseignement des maîtres d'armes de la cour. Ils étaient de force égale, mais Isht Van savait qu'un entraînement dans les règles de l'art finirait par l'emporter sur sa technique toute personnelle.

À chaque passe d'armes, l'ancien pirate sentait un peu plus le poids de son handicap, et le choc du sabre mongaul contre sa propre lame remontait douloureusement le long de sa main poisseuse de sueur, et de son bras que l'engourdissement gagnait peu à peu.

— Et alors, c'est comme ça que tu comptes battre le Lion d'Arvon ?

Astrias avait également conscience de son avantage. Pourtant, s'il avait regardé autour de lui, il aurait compris qu'il n'allait pas gagner cette bataille. Il était évident que les Sem, bien plus nombreux, l'emportaient sur les troupes mongaules. Mais Astrias ne le voyait pas. Il était renommé dans tout le duché pour sa bravoure, mais il n'avait que vingt ans, et l'ardeur de son jeune âge lui faisait oublier sa charge de commandant au profit de l'excitation de ce duel.

— Qui es-tu ? Je n'ai pas pour habitude de tuer la piétaille sans nom. Présente-toi, lâche ! hurla Astrias, désormais sûr de sa victoire.

Isht Van avait dû se débrouiller sur les champs de bataille dès son plus jeune âge, dérobant aux morts ce dont il avait besoin pour vivre. Il n'avait pas la fierté arrogante de son adversaire. Le mercenaire était un homme terre à terre : se voyant perdu, il n'hésita pas à demander de l'aide.

— Guin ! Guin !

Le vide s'était fait autour de l'homme à la tête de fauve : plus personne n'osait le défier. Guin n'eut aucun mal à se dégager pour répondre à l'appel du mercenaire, qui se réfugia avec soulagement derrière lui.

— Lâche ! Tu appelles au secours... hurla Astrias en se précipitant sur Guin.

Mais la force, l'habileté et la carrure du guerrier dépassaient les capacités du jeune officier. Astrias ne résista pas à deux passes d'armes. Laissant échapper son sabre, il tomba lourdement à terre. Guin sauta de cheval et vint appliquer la pointe de sa lame sur la gorge du chevalier.

— Tue-moi. Tue-moi vite ! gémit celui-ci, les joues empourprées par la honte.

Guin contempla le visage franc du jeune homme.

— Monstre, démon ! continua celui-ci. Tu apportes le malheur sur Gohra ! Vas-y, achève vite le meilleur des combattants d'Arvon !

Guin ne prêta aucune attention aux cris amers du chevalier défait, pas plus qu'aux encouragements d'Isht Van, qui, toujours derrière lui, l'invitait à obtempérer.

— Je me nomme Guin, déclara-t-il solennellement. J'ai un message pour votre général, cette femme qui vous commande comme un homme. Qu'elle laisse en paix les créatures et les habitants de Nociphère, ou je combattrai Mongaul pour l'éternité.

Puis il rengaina son sabre et aida le jeune homme stupéfait à se relever.

Astrias n'en revenait pas. Son adversaire l'avait battu haut la main, sans lui infliger la moindre blessure. Il tâta sa gorge à peine éraflée et, l'amertume de sa défaite voilant ses yeux noirs, se précipita vers sa monture.

Lorsque Astrias donna enfin, d'une voix enrouée, l'ordre infamant de la retraite, il put se rendre compte de l'étendue de son échec. Sur les deux cents chevaliers qu'il avait menés au combat, moins de cinquante hommes purent repartir avec lui.

3

Le capitaine Astrias, le « Lion d'Arvon », ne pourrait jamais oublier l'humiliation de cette débâcle.

Le jeune noble avait livré sa première bataille à quinze ans, et avait depuis accumulé les succès, jusqu'à mériter son surnom. Destiné à succéder à son père comme comte et protecteur de Trace, il venait d'être mis en déroute par une bande de Sem, des sauvages qui ne connaissaient pas même l'arbalète, et qui ne devaient pas mesurer la moitié de sa taille.

Sous son heaume, le visage altier d'Astrias était plus blanc qu'un linge. Il se mordit les lèvres et donna un coup de poing rageur au pommeau de sa selle. Son honneur de noble et d'officier mongaul ne saurait supporter pareil outrage. Vaincu par des singes...

Les Sem auraient facilement pu massacrer les cinquante derniers chevaliers rouges. L'envie ne leur en manquait pas, et ils bondissaient et criaient, agitant leurs arcs dans la joie anticipée de ce massacre. Mais il suffit que Guin leur demande d'arrêter les combats pour qu'ils obéissent sans discuter.

— Pourquoi arrêter? demanda Isht Van, un peu frustré. J'aurais bien mis la tête de ce bêcheur d'aristo au bout d'une pique, à sécher au soleil de Nociphère!

— Laisse tomber, mercenaire.

— Mais pourquoi?

— Le seigneur Astrias est issu d'une grande famille. Il a ses entrées auprès de l'archiduc Vlad. L'archiduc a même confié la sécurité de la capitale à son père, le comte Marcus Astrias. Tue cet homme, et sois certain que la vengeance des Mongauls s'abattra sur ta tête!

— Je vois... Mais dis-moi, tu n'étais pas censé avoir perdu la mémoire? Alors, tu peux me dire pourquoi tu en sais plus long que moi sur la politique à Trace?

Le mercenaire recula, lançant des regards soupçonneux à Guin. Celui-ci ne répondit pas.

La poussière du désert était rougie du sang des victimes des deux camps. Pour approcher, le chef Rotoh devait s'ouvrir un chemin parmi les cadavres. Il était couronné d'une coiffe de plumes, et les taches blanches qui parsemaient sa fourrure ne faisaient que renforcer la majesté du petit personnage.

Arrivé devant Guin et Isht Van, il s'inclina respectueusement. Quand il releva la tête, ses yeux brillaient d'admiration et d'étonnement.

— Valeureux guerriers, déclara-t-il aussi solennellement que sa voix aiguë le lui permettait, c'est le dieu Arfettoh qui vous a envoyés dans notre désert. Les arcs et les flèches des Rakus sont vôtres.

Derrière Rotoh, cinq chefs de famille s'inclinèrent à leur tour.

— *Riahd*, déclarèrent-ils respectueusement, d'une même voix.

— Ils vous appellent tous « Riahd », « le léopard ». Vous êtes le fils d'Arfettoh.

— Ben dis donc ! Le fiston d'un dieu-singe ! s'exclama Isht Van, hilare.

Guin le fit taire d'un geste.

— Mon nom est Guin, déclara-t-il simplement. Merci de nous avoir secourus.

Rotoh agita frénétiquement ses petites mains.

— C'est vous qui avez sauvé ma petite-fille, Riahd !

— Suni est votre petite-fille ?

— Oui, la quatrième. Elle était partie cueillir des herbes, pour la Fête des dunes, quand elle a été capturée par un démon noir qui avait traversé le fleuve. Le démon noir arrache notre peau et répand notre sang.

— Cela n'arrivera plus. Guin a tué le démon qui nichait à Stafolos, assura Linda.

La jeune fille s'était approchée, mais n'avait toujours pas lâché la main de Suni.

— Après le démon noir, ce sont maintenant des démons rouges qui traversent le fleuve. Pourquoi les démons ne nous laissent-ils pas en paix ? poursuivit le vieux chef.

— Vous n'avez pas participé à l'attaque de Stafolos ? demanda Guin.

Rotoh secoua la tête.

— Les Rakus aiment la paix. Les chefs des Kaïros et des Guros nous ont fait parvenir la marque du Conseil, mais nous avons refusé l'invitation. Les Rakus veulent éviter les mauvaises choses, pas devenir mauvais en les combattant.

— La forteresse de Stafolos est tombée, et des dizaines de milliers de Sem et de Mongauls avec elle, dit pensivement Guin.

— Riahd, vous et les nobles personnes qui vous accompagnent sont les bienvenus parmi les Rakus. Restez dans notre village aussi longtemps que vous le souhaiterez.

Isht Van fit la moue. Il allait protester, mais Guin ne lui en laissa pas le temps. Il pensait à autre chose.

— Les Rakus aiment la paix et ne recherchent pas les combats. Voilà qui est très bon. Pourtant, une chose me soucie. Tout à l'heure, deux cavaliers sont partis vers le fleuve. L'un d'eux a été arrêté, mais l'autre s'est enfui. Si je devine juste, cet homme a déjà franchi le fleuve, et il est en ce moment même à Arvon, où il fait son rapport. Je crains qu'il ne se prépare à revenir bientôt, avec d'autres cavaliers.

Rotoh traduisit les propos de Guin, et l'inquiétude apparut immédiatement dans les yeux des chefs sem.

— Tous vos combattants sont-ils ici ? demanda Guin.

— Bien sûr que non, répondit fièrement Rotoh. Notre clan est le plus important de tous les clans sem, et tous les Rakus, filles comme garçons, savent se battre. Si nous rassemblons tous ceux qui sont en état de combattre, nous devrions être environ deux mille.

Pour dire « deux mille », Rotoh avait utilisé l'expression sem qui signifie « autant de tentacules que deux monstres du fleuve », que Guin traduisit sans peine. Le guerrier hocha la tête et sembla se plonger dans ses pensées. Linda, Suni, Rémus et Isht Van ne le quittaient pas du regard, comme un groupe d'enfants attendant une décision paternelle. L'expression de ses yeux jaunes était indéchiffrable.

— Riahd, intervint Rotoh, nous ne devrions pas rester plus longtemps ici. Beaucoup de sang a coulé, et son odeur attirera bientôt les dévoreurs, les sangsues des sables, les fourmis du désert et beaucoup d'autres créatures.

— Ah, oui, j'oubliais… répondit Guin, émergeant de ses réflexions. Partons vite.

— Nous allons au village des Rakus ?

— Pas moi.

— Guin ? demanda Linda d'une voix surprise.

Guin esquissa un signe de tête, comme pour rassurer la jeune fille.

— Ce cavalier m'inquiète. Rotoh, je souhaite prendre cinquante de vos jeunes guerriers avec moi. Je vous rejoindrai au village après m'être assuré de ce qui se passe au bord du fleuve.

— Comme vous le souhaitez, valeureux guerrier, répondit Rotoh en s'inclinant. Choisissez qui vous voulez.

— Je veux avant tout que les enfants aillent se reposer au village.

— Guin, je ne veux pas partir sans toi ! intervint Linda d'une voix inquiète.

— Je n'en ai pas pour longtemps. Je regarde où ils en sont, et je vous rejoins tout de suite au village, la rassura-t-il, plaçant son immense main sur l'épaule de la princesse.

Linda secoua la tête, mais ne protesta pas plus. Elle était épuisée.

— Hé ! Et moi, je peux venir avec toi ? J'ai pas vraiment envie d'aller avec les singes. Je ne parle même pas leur langue, et je ne veux pas finir au fond de leur casserole ! lança Isht Van.

Guin allait refuser, mais il se ravisa.

— Qui veut m'accompagner pour espionner la forteresse des démons rouges ? cria-t-il en langue sem.

Aussitôt, cinquante jeunes combattants s'alignèrent devant lui. Ils étaient vifs, et pas un seul n'avait été blessé. Ils ne portaient déjà plus trace de la fatigue de la bataille, et semblaient aussi vigoureux que s'ils venaient de faire une petite sieste, et non de combattre des hommes à cheval.

— Riahd, ces guerriers sont à votre disposition, assura Rotoh.

Guin hocha la tête en signe d'acceptation.

— Nous vous rejoindrons bientôt au village.

— On n'aura pas de sanglier, mais on aura peut-être droit à une bonne sangsue grillée pour notre retour ! plaisanta Isht Van, avec un clin d'œil appuyé.

Rotoh le regarda en écarquillant les yeux.

Guin et Isht Van choisirent deux sabres intacts parmi les armes abandonnées et attrapèrent deux chevaux mongauls. Pendant qu'ils montaient en selle, les cinquante volontaires récupérèrent des flèches auprès de ceux qui rentraient au village. Alors que Guin allait donner le signal du départ, Linda se précipita vers lui et s'accrocha au mors de son cheval.

— Emmène-moi, Guin !

Son petit visage brûlé par le soleil était désespéré.

— C'est impossible, répondit froidement Guin.

— Mais pourquoi ?

— Regarde-toi : tu es épuisée. Tu as l'âme d'un guerrier, mais ton corps est celui d'une jeune fille. Accompagne Suni à son village, et repose-toi.

— Guin, j'ai un mauvais pressentiment, il va se passer quelque chose. Oh, pas la pire des choses, mais quelque chose de mauvais. Guin, emmène-moi avec toi, laisse mes yeux percer les ténèbres pour toi. Je peux voir ce qui t'attend au détour de ta route, bien avant que cela n'advienne.

Guin réfléchit. Cette fois, Linda voyait qu'il prenait ses arguments en considération. Mais sa décision ne fut pas celle qu'espérait la jeune fille.

— Non, je ne peux pas t'emmener, trancha-t-il. Tu as dit que ce n'était pas la pire des choses... J'ai ma force, ma bonne étoile, et ces connaissances qui, je ne sais comment, me viennent à l'esprit. Si je m'en sers correctement, je pourrai faire face. Ne t'inquiète pas, princesse : je serai bientôt au village.

— Je comprends, répondit Linda.

Elle comprenait surtout qu'il était inutile d'essayer de convaincre Guin : sa décision était prise. Elle courba la tête sous le poids de la fatigue et de la déception, mais la releva bien vite.

— Laisse-moi au moins te dire ce que je vois. Écoute bien : sois prudent à l'aller, mais encore plus au retour, et crains l'invisible plus que le visible. Ta chance est dans l'adversité, mais tu devras tout d'abord frayer ton chemin.

— C'est tout?

— Oui, c'est tout.

— Ça ressemble plus à un ramassis de proverbes de bonnes femmes qu'à des prophéties, princesse! railla Isht Van avec un sourire en coin.

— J'ai compris, Linda, je ferai attention, assura Guin, serrant de sa grosse main l'épaule fine de la jeune fille.

Cette promesse ne suffit pas à calmer l'angoisse de la princesse, mais elle se contenta de lui enjoindre une dernière fois la prudence, avant de reculer pour le laisser partir.

Guin et Isht Van mirent leurs chevaux au pas. Les cinquante Sem les suivirent plein ouest, alors que le reste du clan mené par Rotoh s'apprêtait à escorter les jumeaux dans la direction opposée. Les blessés qui le pouvaient marcheraient au milieu des rangs sem en s'appuyant sur leurs camarades, mais certains durent être installés sur des civières confectionnées à partir de peaux et de cordes d'arcs. Seuls ceux qui avaient une chance de guérison furent transportés jusqu'au village.

Les guerriers trop gravement blessés pour espérer guérir, ou ceux dont il était évident qu'ils resteraient estropiés furent laissés avec les morts. Tel était pour les Sem le prix à payer pour survivre dans le désert de Nociphère, où la nature était sans pitié, et la nourriture bien rare. Le clan ne pouvait se permettre de garder en son sein des membres incapables de se battre ou de travailler pour la communauté. Les créatures de Nociphère viendraient bien vite éliminer toute trace du combat. Les blessés n'auraient pas longtemps à attendre sous l'ardente brûlure du soleil : leurs souffrances allaient bientôt prendre fin.

Linda frissonna. Elle aimait Suni, et était heureuse de l'amitié que lui témoignaient les Rakus, mais elle était ébranlée par la dureté de leur vie. « *Quelle chance ai-je de ne pas être née ici !* » pensa-t-elle, alors que le groupe se mettait en marche.

Le soleil était haut dans le ciel, et l'odeur du sang, portée par les tourbillons de vent qui faisaient danser la poussière, se répandait loin dans le désert. Les hennissements des chevaux semblaient répondre aux gémissements des blessés, alors que les cheveux d'ange venaient se poser avec légèreté sur les corps et les visages pour fondre aussitôt, comme les flocons de neige d'un hiver que Nociphère ne connaîtrait jamais, ou les morceaux d'un rêve fugace et insaisissable, disparaissant sans laisser plus qu'un souvenir.

Soudain, les Sem qui formaient l'arrière-garde de chaque groupe bondirent en invoquant le nom de leurs dieux. Guin et ses compagnons se retournèrent. Derrière eux, le sable se soulevait pour former un monticule, dont une paire de mâchoires aux crocs acérés jaillit subitement.

Un jeune Sem se tourna vers Guin. « *Riolat* », lui expliqua-t-il, pointant le doigt vers la créature. La bouche rouge du dévoreur engloutit le cadavre d'un chevalier mongaul, avant de disparaître à nouveau dans le sable.

Presque aussitôt, le tentacule répugnant d'un fouet de Doal surgit un peu plus loin. Le membre blanchâtre avança en tâtonnant, jusqu'à ce qu'il trouve plusieurs cadavres de Sem, qu'il fit prestement disparaître.

« *Lalu* », indiqua le jeune Sem.

Nociphère commençait son nettoyage. D'ici la tombée de la nuit, il ne resterait plus trace des combats. Les corps comme le sang allaient être absorbés par le désert, et la mer de rocs et de dunes retrouverait son aspect originel.

Il était inutile de s'attarder. Ces créatures n'allaient peut-être pas se satisfaire des victimes des combats. Une fois qu'elles auraient réglé le sort des morts et des blessés abandonnés sur place, elles pouvaient aussi bien décider de s'intéresser aux proies vivantes. Rotoh lança un ordre dans la langue des Sem, et le groupe de Linda pressa le pas.

Lorsque la jeune fille se retourna, la dernière chose qu'elle aperçut, au-delà de la sinistre étendue de sable souillé, fut la petite armée menée par ce dieu guerrier mi-homme, mi-bête, qui disparaissait comme un mirage vers l'horizon.

Guin, lui, ne se retourna pas. Il ne semblait pas même ému par le vacarme répugnant qui s'élevait derrière lui – le claquement des mâchoires des dévoreurs, le craquement sinistre des os et le déchirement des chairs.

— Ils ont une bonne avance, dépêchons-nous !

Sans rien ajouter, il pressa son cheval vers l'ouest, les bords du Kes et la forteresse d'Arvon.

Il n'était pas nécessaire de se soucier des Sem qui le suivaient en courant. Ces dunes étaient leur domaine, et leurs petits pieds ne trébuchaient jamais dans les pièges du désert. Les cinquante jeunes combattants ne se laissèrent pas distancer par les deux cavaliers.

Ils avançaient ainsi depuis un *zan* lorsque Guin fronça les sourcils.

— Arrêtez ! ordonna-t-il dans un grognement.

Les Sem s'immobilisèrent plus vite que la troupe la mieux entraînée qu'Isht Van n'ait jamais vue, et attendirent les ordres.

— Que se passe-t-il ? demanda le mercenaire.

— Les survivants des hommes d'Astrias, répondit Guin, désignant un espace dégagé derrière un amas rocheux.

— Ils traînent encore dans le coin ? Tant mieux ! On va pouvoir s'en occuper tout de suite !

— Tu es trop impulsif... N'oublie pas que nous ne sommes plus que cinquante, nous aussi. Contournons-les par là, entre ces rochers.

— T'es vraiment pas marrant, tu sais !

Mais le jeune mercenaire ne bouda pas longtemps.

— Dis, Guin, commença-t-il avec un petit rire.

— Quoi encore ?

— C'est tout de même drôle. Ce matin encore, c'est nous qui fuyions les Mongauls, avec nos deux seuls sabres et des gosses sur les bras. Et te voilà, à la tête de tes cinquante singes, comme si tu avais fait ça toute ta vie ! Tu sais quoi ?

— Hum...

— Je pense qu'à Randoch, ou Aurra, ou... quel que soit le nom de ton pays, tu devais être roi, ou grand général. Ouais, je parierais la pierre avec laquelle je suis né que c'est quelque chose comme ça. Je mange ta Tête de chat en brochette si je me trompe !

Guin ne répondit pas.

Pour éviter d'être repérés par les hommes d'Astrias, ils firent un grand détour, longeant une crête en partie éboulée. Les Sem sautaient avec aisance d'un roc à un autre. Ils utilisaient une décoction d'herbes pour repousser les serpents et les vers des sables, et délogeaient les mousses de sang qui leur barraient le chemin.

Ils atteignirent rapidement le haut de la crête, d'où ils dominaient les dunes environnantes. Ils pouvaient ainsi continuer à avancer tout en surveillant leurs ennemis.

Ceux-ci progressaient difficilement en contrebas, vers Arvon et la sécurité de ses murs. Des deux cents chevaliers qui avaient fièrement pénétré dans Nociphère, il ne restait plus qu'une poignée d'hommes, dans un état pitoyable. Leurs chevaux boitaient, leurs armures étaient cabossées, et leurs blessés gémissaient à chaque cahot de leurs montures épuisées.

— Encore un petit effort, nous y sommes presque. Le fleuve n'est plus loin maintenant, il faut tenir bon !

Sans relâche, Astrias encourageait ses hommes d'une voix cassee. Sa gorge était desséchée par la chaleur et la poussière, et les cris de souffrance de ses chevaliers couvraient parfois ses mots de réconfort.

Mais le capitaine allait et venait le long de ses rangs, s'attachant à soutenir le moral de ses hommes. Il n'avait que vingt ans, et c'était la première fois qu'il subissait une telle défaite. Sa fierté était bien mal en point. C'était peut-être bien lui qui avait le plus besoin de réconfort et d'encouragements. Mais il ne prenait pas le temps d'y penser. Il s'assurait qu'aucun Sem ne les suivait, et qu'aucun chevalier ne restait en arrière. De temps à autre, il s'arrêtait pour faire boire les blessés à sa propre gourde. Il était jeune et fier ; il était l'avenir de Gohra.

Heureusement, les Sem ne semblaient pas les poursuivre. Arfettoh lui-même, le dieu au corps de sangsue, avait peut-être pitié du jeune noble, car aucun dévoreur, aucun ver des sables, ni aucune autre créature du désert n'avait encore croisé leur route.

Astrias n'imaginait pas que Guin, Isht Van et cinquante guerriers sem l'observaient du haut de la falaise.

Certains chevaliers avaient perdu le fourreau de leur sabre dans la bataille. Les lames cognaient régulièrement contre des pierres, avec un bruit métallique irritant. Les blessés gémissaient, et dans les gourdes presque vides, l'eau produisait un bruit discret mais incessant, rythmant l'étrange mélopée qui accompagnait les vaincus aux visages couverts de sang et de poussière.

Certains, affalés sur l'encolure de leur monture, laissaient parfois tomber leur lourd casque. Quand il les voyait faire, Astrias retournait ramasser le casque, qu'il replaçait sur la tête de son propriétaire en expliquant les dangers d'une attaque, toujours possible.

Il venait justement de rendre un autre heaume quand une voix éraillée l'appela, derrière lui. C'était Porak, son lieutenant. Il semblait avoir encore quelques forces.

— Mon capitaine, regardez...

— Quoi ?

Astrias cligna des paupières pour éclaircir ses yeux fatigués par le soleil et blessés par le sable. Il suivit du regard la direction que Porak indiquait, mais il ne voyait rien d'autre qu'un brouillard pâle.

Le capitaine releva sa visière, retira un de ses gants, et se frotta précautionneusement les yeux. La douleur fut vive, mais au bout de quelques instants, il fut enfin capable de voir correctement.

— Mon capitaine... répéta Porak à voix basse.

Cette fois, Astrias crut distinguer un écho joyeux dans le ton de son subalterne.

— Arrêtez... Halte ! ordonna Astrias.

Le capitaine humidifia ses lèvres craquelées. Il sentait son cœur s'emballer dans sa poitrine. Il se frotta encore les yeux et regarda à nouveau, craignant à moitié d'avoir été victime d'une hallucination.

— Porak... Allez-y.

— À vos ordres ! répondit celui-ci d'une voix forte.

Il lança son cheval au trot avec un claquement de cravache.

Astrias le suivit du regard en respirant profondément. La honte et la colère l'avaient quitté, laissant place à un fol espoir et au doux parfum de la revanche. Une force nouvelle se déversait en lui.

Quand Porak eut disparu, avalé par le mirage tremblotant, Astrias se leva dans ses étriers. Le visage empourpré, il hurla :

— Toi, le monstre à tête de fauve, et toi, traître en armure noire, et tous vos singes répugnants, regardez bien ! Votre chance a tourné. Bientôt, Nociphère sera débarrassé de vos carcasses puantes !

4

Bien sûr, du haut de leur falaise, Guin et ses compagnons voyaient aussi ce qui réjouissait Astrias et Porak. Leur point d'observation élevé leur avait même permis de l'apercevoir avant les chevaliers. Au début, ils n'avaient vu qu'une ceinture de poussière, entre eux et la ligne bleue du Kes. Puis la poussière s'était dissipée, révélant ce qu'elle leur avait jusque-là dissimulé.

— À terre ! avait ordonné Guin, tout en sautant de son cheval.

Les Sem avaient aussitôt réagi en se plaquant au sol. Certains avaient même encoché des flèches empoisonnées dans leurs arcs. Guin les avait arrêtés d'un geste.

— Ne bougez pas, restez couchés. Si vous avez des objets brillants, cachez-les sous votre corps.

Isht Van avait éloigné leurs deux chevaux du bord de la falaise, et il avait réussi à les convaincre de se coucher sur le sol brûlant. S'avisant que son armure noire se détachait sans doute parfaitement sur le sable clair, il prit mille précautions pour retourner auprès de Guin.

— Alors ?

La face féline de Guin était impassible, comme toujours.

Isht Van déglutit avec peine et se pencha vers le bord de la falaise et l'étonnante vue qui s'étendait sous leurs yeux.

— Par les troupes ardentes de Ruah… Merde !

Guin ne prêta pas attention aux jurons murmurés par le mercenaire. Ses yeux ne quittaient pas la plaine, couverte de reflets aveuglants. La poussière s'était maintenant totalement dissipée, et ce qu'ils voyaient désormais dépassait leurs pires craintes. Une immense armée de Mongauls avait traversé le fleuve pour se déployer sur la rive est du Kes.

Ils étaient plus de dix mille soldats, dont les armures, les casques et les armes brillaient férocement sous le soleil des Marches, comme la surface d'un lac improbable au milieu des dunes.

— Les chevaliers blancs sont au centre. À droite, les chevaliers rouges doivent être le reste de la garnison d'Arvon. Je pense que les chevaliers en bleu, sur la gauche, viennent de Tsulîd, peut-être menés par le commandant de leur forteresse, le comte Marus. Et les chevaliers noirs de l'arrière-garde sont sans doute ceux de Thalos…

Guin écoutait en silence les observations du mercenaire.

— À moins que nous n'ayons là la première vague d'une armée en provenance directe de Trace.

Isht Van parlait calmement, mais un auditeur attentif pouvait déceler, dans sa dernière phrase, un frémissement discret.

— Ils sont entre dix et quinze mille. Cinq mille archers, trois mille fantassins et environ cinq mille des meilleurs chevaliers. Tu vois comme ils se sont alignés ? C'est une variante de leur fameuse « formation des cinq couleurs ». Il manque une couleur, mais habituellement, ils attaquent simultanément depuis cinq directions différentes, pour encercler leur ennemi. Et tu sais pourquoi ils portent ces couleurs voyantes ? Bien sûr, c'est pratique pour ne pas s'entre-tuer pendant la bataille, mais surtout, ça permet à leur chef de comprendre en un coup d'œil où chaque élément se trouve, et où il doit envoyer ses renforts.

— Ils viennent de récupérer Astrias et ses hommes, remarqua Guin. C'est cette femme-soldat qui les dirige ?

— Oui. C'est elle qui commande les chevaliers blancs que tu vois là. Et si j'en juge par les bannières, là-bas... Tu vois ces drapeaux ? Il y a le dragon noir de Gohra, les couleurs de l'archiduc, et au milieu, la bannière de sa fille. C'est sûr, elle est ici.

— Et elle compte se mesurer à Nociphère en entraînant quinze mille hommes dans sa folie ?

Amnélys se serait étouffée de rage si elle avait pu entendre le ton méprisant de Guin.

— Son talent est connu dans toutes les Terres Intérieures, remarqua Isht Van. On dit d'ailleurs que c'est elle qui a commandé les opérations de la guerre du Dragon noir contre Paroh, et qui a apporté la victoire à Gohra. Tu vois, Myaël, le seul fils de l'archiduc, est malade. Tout le monde pense qu'un jour Amnélys se présentera dans son grand manteau, avec une paire de fausses moustaches, pour prendre la suite de son père comme archiduc. Ah ! Gohra a les mêmes problèmes que Paroh !

— Qu'est-ce que tu veux dire ?

— Leurs filles sont fortes, et leurs coqs pleurnichent,

coincés dans leur coquille! répondit joyeusement le mercenaire en étouffant un véritable hennissement de rire.

Guin secoua la tête.

— Tu veux parler de la princesse Linda et de son frère? Alors tu t'es laissé tromper par la tendresse du visage du prince, et la douceur de ses cheveux. Dans cet œuf, c'est un dragon qui attend d'éclore. Moi je le sais, mais lui... Ah!

Guin s'interrompit. En bas, quelque chose avait attiré son attention.

— Les Mongauls bougent, constata-t-il calmement.

C'était un spectacle fantastique, étrange et pourtant familier, comme une tapisserie prenant vie sous leurs yeux. L'armée formait une immense fleur à trois pétales, rouge, bleu et noir, autour d'un cœur d'un blanc étincelant. Chaque pétale était un triangle formé par les fantassins encadrant les archers eux-mêmes positionnés autour des cavaliers. La fleur s'ouvrait harmonieusement, comme s'il s'agissait d'un seul être vivant, et non de plusieurs milliers d'hommes et de chevaux. Et au centre des fils invisibles qui guidaient ce gigantesque organisme, au milieu d'un parterre d'armures immaculées, une forêt de bannières dissimulait le général Amnélys, marionnettiste jalousement protégée par ses chevaliers.

— Doal! murmura rageusement Isht Van. Comment ont-ils pu rassembler une telle armée ici, en si peu de temps? Ils devaient se préparer depuis des mois!

— Oui, sans doute, acquiesça pensivement Guin. Si ça se trouve, nous leur avons juste fourni une bonne occasion de passer à l'action, à moins que nous n'ayons versé de l'huile sur un feu qui brûlait déjà... En tout cas, avant même d'attaquer Paroh, les Mongauls avaient déjà décidé que les suivants sur leur liste seraient les Sem et les Lagons de Nociphère. Ils devaient craindre que Kum, Yulania ou même les survivants de Paroh ne les prennent à revers en passant par ici. Et quand nous – et les orphelins de Paroh – nous sommes alliés aux Sem pour défaire Astrias et ses hommes, nous n'avons fait que confirmer leur pire crainte. Nous n'avons sans doute pas sous les yeux la totalité de leurs forces. Il y a probablement vingt ou trente mille hommes sur les routes entre Trace et Nociphère en ce moment même. Nous avons bien fait de ne pas accompagner les Rakus dans leur village, mercenaire. Si l'armée mongaule nous avait suivis là-bas... Deux mille Sem, même très courageux, n'auraient rien pu faire. Nous aurions tous été massacrés.

Guin se retourna vers les jeunes guerriers et leur traduisit ce qui venait de se dire. Les Rakus étaient inquiets. Le chef du groupe, que tous appelaient Shiba, prit la parole d'une voix haut perchée.

— Que doit-on faire maintenant ?

— Pour le moment, nous devons rentrer au village et nous préparer à nous battre. Nociphère est en grand danger.

— Ha ! intervint Isht Van. Tu comptes affronter une armée de quinze mille hommes avec deux mille singes ? C'est une plaisanterie ? Tu crois peut-être que le bon droit nous donnera la victoire ?

— Nous avons un avantage : nous connaissons les plans de l'ennemi, et l'ennemi ne le sait pas. Et puis les Mongauls ignorent l'emplacement du village raku. Ils n'ont jamais dû s'aventurer à plus d'une journée de cheval dans Nociphère. Le village est bien dissimulé, dans une vallée difficile d'accès. Avec un peu de chance, nous avons cinq ou six jours devant nous.

Isht Van poussa un soupir résigné.

— Plus rien ne m'étonne de ta part, Tête de chat, mais comment connais-tu toutes ces choses ? Par exemple, tu sais où est ce village, alors que tu n'y as jamais mis les pieds ?

Guin secoua la tête.

— Je ne le *sais* pas vraiment, mais... c'est comme si j'apercevais le village et le désert autour de lui, comme si je les voyais au travers du brouillard.

— Mouais... Si tu le dis ! En tout cas, il faut faire quelque chose, et vite. On peut décider de les aider à évacuer leur village, ou se préparer pour un combat épique, mais on ne peut pas rester ici les bras croisés !

Guin grogna. Ils avaient vu tout ce qu'il y avait à voir, aussi se préparèrent-ils à repartir. Dans la plaine, les forces mongaules tournaient le dos au fleuve et se dirigeaient vers le cœur du désert en longeant la falaise, ondulant comme une monstrueuse amibe aux couleurs éclatantes.

— Restons parmi les rochers jusqu'à ce qu'ils ne puissent plus nous voir. Ensuite nous redescendrons sur le terrain plat, où nous pourrons courir, expliqua Guin aux jeunes guerriers. L'avenir de votre village, de vos femmes et de vos enfants dépend maintenant de notre vitesse.

Les Sem approuvèrent en silence et se levèrent calmement.

Isht Van faisait de même lorsque la semelle d'une de ses bottes dérapa. Il se raccrocha à la main que Guin lui tendait et réussit à ne pas tomber, mais il avait délogé du sable et quelques graviers, qui commencèrent à glisser le long de la falaise.

Le mercenaire étouffa une exclamation et esquissa un geste désespéré, comme pour retenir les cailloux de ses mains nues. D'une poigne ferme, Guin l'en empêcha, l'éloignant de l'à-pic vertigineux.

La petite avalanche dégringola le long de la paroi, réveillant des échos endormis avant d'atterrir devant un soldat ébahi. L'homme leva la tête. En haut de la falaise, tous retenaient leur souffle, priant en silence pour que le soldat reparte au plus vite. Isht Van avait une fois déjà évité d'être repéré grâce au manque de sérieux d'une patrouille mongaule, lorsqu'il avait voulu espionner le général dans sa tente. Mais cette fois-ci, les Mongauls étaient venus mener une invasion, et ils étaient à l'affût du moindre signe d'une présence ennemie. Le soldat resta un moment le nez en l'air, puis tourna brusquement les talons et alla parler à son supérieur. Celui-ci fit de même, et l'information remonta bientôt jusqu'au commandement général.

Amnélys prit l'affaire au sérieux. Elle donna immédiatement l'ordre d'une halte. Aussitôt, l'armée de quinze mille hommes se figea, comme retenue par une barrière invisible. Le général convoqua ses principaux officiers.

Depuis leur cachette, Guin et ses compagnons virent avec inquiétude l'armée s'arrêter et les officiers se réunir.

— On est repérés. Cette fille va sans doute nous envoyer un peloton, grogna Guin.

Cerné par les regards accusateurs des Sem, Isht Van gardait le silence. Il avait décidé de ne pas s'abaisser à s'excuser.

— Allons-y ! ordonna simplement Guin.

Il courut jusqu'à son cheval et bondit en selle, aussitôt suivi par le mercenaire.

— Si on part directement vers l'est, on les mènera au village. Allons tout d'abord au nord. Quand on les aura perdus, on filera au village prévenir tout le monde.

Les Sem approuvèrent.

Au pied de la falaise, les soldats continuaient à s'agiter. Un petit groupe de cavaliers en bleu se détacha du corps principal, à la recherche d'un chemin pour accéder au sommet de la crête.

Mais là-haut, il n'y avait déjà plus personne. Les Sem avaient dégringolé parmi les rochers à la suite de Guin et d'Isht Van. Les sabots de leurs chevaux faisaient danser la poussière, et ils ne tardèrent pas à être repérés.

— Là-bas !

— De l'autre côté de ces rochers !

Une fois de plus, Guin et le mercenaire entendaient les cris des hommes de Gohra lancés à leur poursuite.

— Plus vite, courez !

La vie de plus de deux mille Sem dépendait d'eux, ils en avaient cruellement conscience. Même Guin se départit de son calme habituel. Comme un fou, il enfonçait ses talons dans les flancs de sa monture, alors que derrière eux, les cinquante Sem couraient aussi vite que leurs jambes le leur permettaient, vers le nord et les neiges éternelles des monts Asgaloon.

— Allez, Rakus, Allez !

— *Riahd ! Riahd !*

Les Sem couraient comme un seul être, et le sol de Nociphère crissait et gémissait sous les coups réguliers de leurs petits pieds. Ils priaient le sable de leur patrie. *« Si tu as du cœur, sable éternel, prends vie ! Danse dans les airs, deviens le voile qui dissimule tes enfants à la vue de leurs poursuivants, deviens la cendre qui leur bouchera les yeux, sauve les enfants de Nociphère des flèches de l'envahisseur cruel ! »*

Derrière eux, les cris des Mongauls furent bientôt remplacés par le feulement des arbalètes. Les flèches volaient, faisant jaillir le sable, et parfois le sang. Deux ou trois Sem furent touchés de plein fouet et s'écroulèrent.

— Riahd ! appela Shiba.

Le petit guerrier brandissait son arc.

— Non, on ne se bat pas maintenant ! tonna Guin, qui continuait à talonner sa monture. On peut en tuer quelques-uns, mais ça ne suffira pas !

— *Gura, imiiru !*

Shiba hurla sa colère et sa frustration, mais ne désobéit pas à Guin, qu'il révérait comme le plus grand des guerriers. Quand un Raku accordait sa confiance et son amitié, il ne les reprenait jamais.

Leurs poursuivants étaient à cheval, mais ils avaient perdu du temps à contourner la falaise. Puis ils s'étaient aperçus que le sable meuble sur lequel les petits Sem couraient avec légèreté handicapait leurs chevaux : leurs sabots s'enfonçaient sous le poids combiné des armures des cavaliers et des caparaçons des montures. Frustrés, les chevaliers juraient et frappaient de grands coups de poing rageurs sur leurs selles. Ils se servirent bien de leurs arbalètes, mais sans grand succès. Les Sem étaient déjà hors de portée.

Les Mongauls abandonnèrent leur chasse. Ils craignaient la colère de leur chef, mais il n'y avait rien d'autre à faire que de ramasser les corps des trois Sem abattus et de regagner le gros des troupes. Des cinquante Sem qui avaient disparu en direction des monts Asgaloon il ne restait que quelques traces entre les rochers, que le vent qui se levait ferait bientôt disparaître.

Le crépuscule enveloppait à nouveau Nociphère. Le vent qui soufflait depuis Asgaloon plaquait de nombreux cheveux d'ange sur le visage des envahisseurs. Les hommes d'Arvon levaient des regards angoissés vers le ciel de Nociphère.

Guin et ses compagnons avaient galopé pendant au moins trois *zans* avant de s'estimer hors de danger. Ils avaient alors décidé de ralentir et d'accorder un peu de repos aux montures et aux coureurs épuisés. Ils n'entendaient plus les cris de leurs poursuivants, et les arbalètes s'étaient tues. Ils finirent donc par s'arrêter pour reprendre leur souffle.

— Riahd, nous avons perdu trois guerriers, annonça Shiba. J'espère qu'ils sont morts, car sinon, qui sait ce que les démons peints leur feront subir?

Guin acquiesça sombrement, et changea de sujet.

— Nous avons dû faire un grand détour pour les semer. Nous allons maintenant repartir vers l'est. Le voyage de nuit est dangereux, mais nous devons prévenir le village sans perdre un instant.

— Nous ne sommes pas fatigués, nous courrons toute la nuit.

— Pas la peine de courir, une marche rapide suffira.

Ils obliquèrent donc vers l'est. Dans leur dos, le soleil plongeait vers les eaux sombres du Kes. Aucun nuage ne venait adoucir la violente lumière orange de cet énorme disque incandescent, œil maléfique que Doal gardait vrillé sur son domaine.

Le sol s'inclina lentement en une pente douce s'enfonçant entre des rochers toujours plus gros.

— Il y a de plus en plus de cheveux d'ange! remarqua Guin en chassant les pâles filaments qui s'étaient accumulés sur la fourrure de son visage.

— Mouais… Ils doivent tenir une réunion dans le coin… répondit Isht Van d'un air renfrogné.

Il était maussade depuis que les Mongauls les avaient repérés par sa faute.

Guin ne releva pas. Il regardait autour de lui, et un grognement grave, presque imperceptible, montait de sa gorge.

Ils avançaient maintenant entre deux falaises qui leur bouchaient la vue. Autour d'eux, les cheveux d'ange étaient à chaque instant plus nombreux. Peut-être était-ce lié au crépuscule. Les Sem ne semblaient pas y prêter attention, se contentant de chasser de leurs mains poilues ces étranges organismes qui venaient se poser sur leur visage pour fondre presque aussitôt. Guin, lui, était inquiet.

— Shiba ! appela-t-il sévèrement. Tu es sûr que c'est le bon chemin ?

— Oui, Riahd, c'est le chemin de notre village.

— Mais la route est de plus en plus étroite, regarde ! s'exclama Guin.

Quiconque ne connaissait pas le guerrier aurait juré entendre la peur dans sa voix.

Au même moment, ils tournèrent un coude du chemin, et tous s'arrêtèrent, comme frappés par la foudre. Devant eux s'étendait un paysage infernal, une vision de cauchemar issue d'un esprit malade.

Le chemin débouchait brusquement sur une profonde vallée, entièrement remplie par une mer phosphorescente, d'un blanc vaguement bleuté.

Paralysés par l'horreur et le dégoût, ils contemplaient cette masse grouillante qui n'était autre qu'une gigantesque colonie d'êtres vivants. Il y avait là des millions, des milliards d'êtres informes et gélatineux.

La vallée était remplie d'idoh.

Leurs cris bloqués dans leurs gorges, les guerriers sentirent un froid mortel envahir leurs membres. Ils ne pouvaient plus avancer, ils ne pouvaient pas reculer. Ils étaient coincés.

Puis les créatures sentirent leur présence.

Achevé d'imprimer sur les presses de

BUSSIÈRE

GROUPE CPI

à Saint-Amand-Montrond (Cher)
en avril 2006

FLEUVE NOIR
12, avenue d'Italie
75627 Paris Cedex 13

— N° d'imp. : 061730/1. —
Dépôt légal : mai 2006.

Imprimé en France